文/吳桃源　　圖/陳洪綬

畫說
水滸人物

代序——《水滸》人物圖譜

吳桃源

中國木刻版畫，從最早見於文獻的唐懿宗咸通八年（八六八）的《金剛般若經》卷首圖，至今已有一千餘年歷史（一九四四年四川出土的《陀羅尼經咒圖》則更早，約在西元七五七年）。而由唐發展至明，其鐫刻目的也逐漸由宗教供養轉向世俗生活，這使得明朝萬曆至天啟年間的五十多年裡，因刻書盛行、書肆競爭，成為中國木刻版畫的黃金年代。其中更因市民文學（戲曲小說）的興起，使木刻插圖蔚為風潮，也造就了史上有名的三大刻印流派——金陵派（江蘇）、建安派（福建）與新安派（安徽）。

作為明朝四大奇書之一的《水滸傳》，由於成書年代約在弘治、正德時期（十五世紀末至十六世紀初，馬幼垣先生推論），當時已有最早的文字刻本——《京本忠義傳》（一九五七年上海發現，明正德、嘉靖年間所刻）以及《忠義水滸傳》（鄭振鐸藏，明嘉靖年間所刊），但均無附圖。直到萬曆十七年（一五八九），《水滸傳》的木刻插圖才正式登場，顯然是拜萬曆的木刻黃金年代所賜。

當時三大刻印流派之一的建安派，因投注較多心力於《水滸》的木刻插圖，也為自己建立了獨具一格的插圖風格——上圖下文。此種圖文並茂方式，古樸易懂，深受市井小民喜愛，不僅成為建安版的特色，也從此帶動《水滸》插圖的風氣。其中最富盛名的就是明末清初畫家陳洪綬所繪製的《水滸葉子》。

陳洪綬（一五九八——一六五二），字章侯，號老蓮，浙江諸暨人，擅山水、花鳥、草蟲、人物。所繪人物清奇古怪、誇張獨特，頗受唐代周昉仕女畫、宋代李公麟人物畫影響，從纖細工整到簡筆疏放，時而具高古游絲（鐵線描）的遒勁有力（曹衣出水），時而表現蘭葉描的柔媚飄逸（吳帶當風）。白描的《水滸葉子》即是兼具此兩種風格的作品。

天啟五年（一六二五），陳洪綬為解周孔嘉八口之家的燃眉之急，特以四個月的時間繪出《水滸葉子》，供其市售以度難關（據張岱《陶庵夢憶》，張岱兄弟向與陳洪綬交厚，周孔嘉乃張岱友）。沒想到此圖繪出後，竟成市井小民的最愛。所謂「葉子」，乃是一種博戲或行酒令用的紙牌。《水滸葉子》廣為流傳後，崇禎六年（一六三三）及崇禎十四年（一六四一），分別由新安派木刻名手黃君倩和黃一中為其鐫刻出歷久不衰的木刻版畫。

黃君倩，即黃一彬，生於萬曆九年（一五八一）。黃一中，字肇初（一作肇福），生於萬曆三十九年（一六一一），二人均為安徽歙縣虬川剞劂世家黃氏之後。據鄭振鐸《中國古代木刻畫史略》記載，黃氏家族還有另一位黃子立，即黃建中，乃黃君倩之子，亦為陳洪綬製作了《九歌圖》、《博古葉子》等傳世名作。

從建安派帶動了《水滸》插圖風氣開始，到大畫家陳洪綬以及新安派

（亦稱徽派）木刻名家黃君倩與黃一中繪製出《水滸葉子》，可以想像對《水滸傳》的閱讀所起的推波助瀾的作用。《水滸葉子》雖僅繪出四十人物，離梁山泊一百零八條好漢相去甚遠，但陳洪綬所選四十人，是根據宋代畫家李嵩所繪的《宋江三十六人像》、宋末元初畫家龔聖與為李嵩所作《宋江三十六人贊·序》，以及《大宋宣和遺事》中的三十六將姓名，酌予增減。陳洪綬刪除的是梁山泊天罡星三十六員中的阮小二、阮小五、張橫、解寶、楊雄，增加的是地煞星七十二員中的朱武、蕭讓、安道全、扈三娘、樊瑞、施恩、顧大嫂、孫二娘、時遷。若稍微核對一下《水滸傳》七十回以前的情節與人物出場順序，似乎亦有助於理解陳洪綬所選四十人的理由。

史進（二回）、魯智深（三回）、林冲（七回）、柴進（九回）、楊志（十二回）、索超（十三回上）、雷橫（十三回下）、劉唐（十四回）、吳用和阮小七（十五回上）、公孫勝（十五回下）、孫二娘（十七回）、宋江（十八回）、朱仝（二十二回）、武松（二十三回）、施恩（二十八回）、花榮（三十三回）、秦明（三十四回）、李俊（三十六回）、穆弘（三十七回上)、張順(三十七回下)、戴宗(三十八回上)、李逵(三十八回下)、蕭讓(三十九回)、石秀(四十四回)、時遷(四十六回)、李應(四十七回上)、扈三娘(四十七回下)、解珍(四十九回上)、顧大嫂(四十九回下)、呼延灼(五十五回)、徐寧(五十六回)、朱武(五十八回)、樊瑞(五十九回)、盧俊義(六十一回)、燕青(六十二回)、關勝(六十三回)、安道全(六十五回)、董平(六十九回)、張清(七十回)。

以上僅為筆者稍加排列,不過還是可以看出大畫家對於七十一回以後的招安、征遼、田虎、王慶、方臘這幾段故事興趣缺缺,所以乾脆只畫到具代表性的兩位董平與張清入夥,就告一段落了。若和金聖嘆於崇禎末年腰斬《水滸傳》為七十回本相較,似有前後呼應之妙。

《水滸傳》的木刻插圖發展到了清光緒年間,又有一套《水滸全圖》的出現,而且託名為明初畫家杜堇所繪,刻工精美,共五十四幅圖,一百零八人。惜所繪人物神態韻味顯然不及杜堇的《九歌圖卷》。再者,杜堇為明初畫家,若當時《水滸全圖》已繪出,為何不選在木刻黃金時代的萬曆年間鐫出，反而拖延至清光緒？僅以《水滸全圖》中的魯智深為例，其衣袂線條與陳洪綬《水滸葉子》中之魯智深相仿，難道是明末的陳洪綬仿明初的杜堇？

其實《水滸》作者筆下的梁山好漢，並非個個出色，是否有必要將每人繪出，見仁見智。最怕的是不同人物的代表性事蹟重複性高，反而斲傷了此一文學名著的可讀性。這也是筆者選用陳洪綬《水滸葉子》四十人為代表的理由。

《水滸葉子》以白描線條展現的黑白美學，對現代人而言，雖有意猶未盡之感，其實卻是陳洪綬始終如一的最愛。他從十九歲時繪出一套《白描水滸葉子冊》，然後於二十八歲時再繪出《水滸葉子》，至五十五歲離世前又堅持以白描手法繪出《羅漢圖卷》，以此回顧其一生山水、花鳥、草蟲、人物等的創作，至晚年均逐漸抽離畫中的色系，以平淡展現內心世界的寧靜。明朝覆亡後，他剃髮為僧，改號「悔僧」、「禿翁」、「雲門僧」、「遲和尚」，應是他心境上的轉變期。因此《水滸葉子》雖是陳洪綬早期的白描作品，其實已投射出他晚年的心境。而四十位《水滸》人物亦在他簡筆勾勒中帶出各人的不同氣質。穿越四百年的時空再看《水滸葉子》，不僅接近了畫家的內心世界，也直接感受到他對每一人物的欣賞與寬容。

目次

九紋龍史進

衆人皆欲殺　吾意獨憐才

一、史進

史進綽號「九紋龍」，實在取得好。看陳洪綬以此為焦點，將小龍（螭紋）繪於其身，並以回首起躍之姿，留下騰空踢腿的想像空間。當然最可愛的是史進頭上的那頂頭盔，左右懸有兩角，前方飾以龍紋或雲紋，與其刺青搭配一致，既提升了史進紋身的整體美感，也讓我們對史進練武充滿好奇。

先看史進的身世。

在《水滸傳》中，史進是第一位出場的梁山好漢。那時王進（八十萬禁軍教頭）受高俅欺壓，攜老母投奔延安，路過史進家投宿，見其「刺著一身青龍，銀盤也似一個面皮，約有十八九歲，拿條棒在那裏使」（第二回），於是指出其中破綻，並授以十八般武藝。史家因一向務農，史母不願史進「只愛刺鎗使棒」，已嘔氣離世，史父只得順其自然，為其延師請益，並刺成一身花綉。以現代語言來說，史進很早就是個「御宅族」，不願務農，喜歡武藝，可惜學的是三腳貓架式，花拳繡腿一碰上真材實料的王進，馬上就被摺倒。知道人外有人後，心服口服的史進才拜王進為師。

史進跟王進學藝六個月，可惜從後來的三場殺人戲完全看不出他到底學了什麼。

一、史進與少華山三賊人來往被告，他二話不說，一刀先殺了矇騙自己的莊客王四，二刀便把告密者李吉斬成兩段。（第三回）

二、史進放火燒毀家園後，不願入少華山為寇，決定先去投靠師父王進，後在瓦罐寺外巧遇魯智深，二人返瓦罐寺取智深的包裹時，與霸佔該寺的假和尚、假道人廝打，智深以鐵禪杖將和尚打下橋去，史進則用朴刀從背後刺倒道人，並踏住其身體，肐肢肐察地搠死。（第六回）

三、宋江攻打東平府，史進自告奮勇，先潛入妓院李瑞蘭家，準備行裏應外合之計時，卻為李家出賣，關入大牢，宋江費了九牛二虎之力救出。史進為此，再返回妓院將老鴇一家大小碎屍萬段（李瑞蘭顯然也香消玉殞）。（第六十九回）

從這三回看來，史進殺人根本不需要精進或高超的武藝作後盾。因此《水滸》作者一開始安排他拜王進為師，讓很多人對史進有所期待，以為會有一番作為，哪想到一面對告密者與背叛者時，史進立刻成為殺人洩憤的復仇者。實在枉費了那一段跟王進學藝的日子！當然也有人說是王進看史進不是學武的料，就隨便找個藉口離開史家莊了。

到底史進是不是學武的料，我們先不說，只要按史父原先的疏導方式，再配合王進後來的指導，史進還是有可能成為王進第二。只是這樣一個血氣方剛的農家子弟，因涉世未深，過於注重所謂的江湖義氣，反而成了「成事不足敗事有餘」的殺人犯。首先是糊里糊塗與少華山的三賊寇來往，其代價是殺了兩個熟人，燒了自己祖傳的莊院，無處容身。其次是助魯智深（之前已將鄭屠三拳打死，列為通緝犯）殺無冤無仇的外人，一錯再錯。最後是不容妓女李瑞蘭出賣背叛，將其全家置之死地，連續犯案，一再成為各地官府捉拿的要犯。從史進所推崇的江湖義氣「為朋友兩肋插刀在所不惜」來看，其本性雖是樂於助人，可是因為是非不分，讓自己陷於動輒殺人以解決不義的惡性循環，終於無法自拔。做為現代人，看到史進一再殺人，不禁感慨：這種家庭與社會雙輸的悲劇還要上演多久？直到今天，親子關係與家庭教育難道不是成人最應重修的學分？

看小說中史進最後為方臘的神箭手射死（一百一十八回），再次印證《水滸》作者觀點：梁山軍歸順後，為大宋出征，剿平方臘，死的死，傷的傷，所為何來？而史進（或其他好漢）之死，到底是重於泰山，或輕於鴻毛？

花和尚魯智深

老僧好殺　晝夜一百八

二、魯智深

這張魯智深的圖很特別，寬袍大袖，手持拄杖，滿面笑容，少了殺伐之氣，多了份歡喜自在。很明顯在畫家眼中，不以智深好打抱不平的性格為焦點，反以《水滸傳》第一百一十九回，宋江剿完方臘，智深於浙江坐化前所言「心已成灰，不願為官，只圖尋個淨了去處，安身立命足矣」為其一生做註腳，由此亦可看出陳洪綬對智深最後頓悟的肯定。

在《水滸傳》中，魯智深是由九紋龍史進帶出場的。其重頭戲橫跨六回，每一回均有大鬧的場面。從第三回打死鄭屠畏罪潛逃、第四回兩犯酒戒大鬧五臺山被逐、第五回桃花村扮女兒修理山大王、第六回殺假和尚燒瓦罐寺、第七回嫌鴉鳴不吉倒拔垂楊柳、第八回救林冲大鬧野豬林來看，《水滸》作者讓我們從智深每一場「大鬧」裏，都看到了社會的「亂」。而專好打抱不平的智深扮演的就是「撥亂反正」的角色。

到底智深是否真的「撥亂反正」了？或是愈撥愈亂呢？

未出家前的智深叫魯達，身分是軍官。與史進相遇的那次，聽說財主鄭屠欺壓金老漢父女，欲為其討回公道，不想三拳打死鄭屠，雖為地方除了一惡，自己卻成了苦主家之惡。遭通緝的魯達，為趙員外（金老漢女兒新嫁財主）搭救，入寺剃度改名智深，卻因屢犯清規（隨處便溺、酗酒開葷、打壞金剛），被逐出五臺山，實乃咎由自取。後前往東京大相國寺途中，於桃花村搭救劉太公女兒免遭強人逼婚，自己卻因擄走強人的金銀酒器，反成了小偷。瓦罐寺打死的假和尚與假道人雖屬惡霸，卻導致寺中其餘老和尚自縊，可謂「我不殺伯仁，伯仁卻因我而亡」，而臨去前一把火將古寺燒成灰燼，亦有殺人滅跡之嫌。至大相國寺後，因管理菜園，與二三十個偷菜賭徒為伍，又嫌群鴉亂鳴，將一株楊柳樹連根拔起，荒唐至極。嚴格說起來，唯有野豬林搭救林冲那一次，才算是真正沒有後遺症。前面五次，不是打死人，就是鬧事待不下去，一走了之。

若從這個角度看智深，他其實也是社會的亂源，所謂的「撥亂反正」不過是一個理想，在一個極亂的年代，如何憑個人力氣「除惡務盡」呢？再看他所對抗的人：惡霸、山賊、假和尚乃至押解公人，均屬據地為王、橫行霸道、欺負弱小、調戲女流、見錢眼開之輩。為何國家法令就制止不了這些人，偏偏要靠一個路見不平拔刀相助的魯智深？如果仔細深究《水滸傳》的成書年代——明正德年間前後，以及其內容為《大宋宣和遺事》方臘、宋江起義一事，可以得知明成化年間即不斷有荊襄流民起義、正德年間則有太監劉瑾專權亂政、嘉靖年間嚴嵩主政禍國殃民更甚，而宋徽宗宣和年間則賦役繁重、官吏盤剝、民不聊生，致使宋江、方臘一北一南的起事反抗朝廷。前後對照之下，《水滸》作者的苦心不言而喻，實寫宋而暗喻明。尤其明朝中葉以後政治腐敗，宦官專權，黨爭不斷，人民在土地兼併以及賦役繁重下，流離失所，苦不堪言。以這樣的年代來體會宋末人民的心情，是感同身受的。於是出現了對魯智深這樣一個角色的期待。而智深雖粗魯卻全心全意扶弱濟貧，其過程儘管出現殺人放火、喝酒吃肉、偷竊開溜等敗筆，但老百姓一想到「只許州官放火，不許百姓點燈」的痛楚，對智深的敗筆也就不以為忤了。因此在這種情況下，智深的行為也就有了合理而正面的解讀——撥亂反正、除惡務盡。

事實上，從今天看智深的例子，完全可以看出一個國家既沒有公平合理的制度保障每個人，又無法制止豪民或貪官循私報復巧取豪奪，其結果是國無寧日、人不太平，永遠處在惡性循環之中。《水滸》一書，既挑戰了人民效忠國家的底線，也暗喻人民自我防衛的必要，其實是極為前衛的古典文學。

豹子頭林冲

美色不可以保身　利器不可以示人

三、林冲

和魯智深不畏權勢的性格相較，林冲在第七回一出場即給人一種息事寧人的感覺。很難想像這位「豹頭環眼，燕頷虎鬚」有張飛之稱的「八十萬禁軍鎗棒教頭」，當妻子被人調戲時，其拳頭竟是高高舉起，輕輕放下。再看畫家筆下的林冲，一個帶劍俠客的身影，在回首來時路之餘，是否總有許多無奈？

林冲的故事可以刺配滄州作為分水嶺。之前他歷經妻子遭戲、好友背叛、高俅構陷，是一頁充滿屈辱與悲憤的滄桑史。發配滄州後，路上先有智深解危，後有柴進書信相助，總算於牢營中相安無事。然高俅派出陸謙（林冲好友）追殺不絕，終於導致林冲奮力反擊，連開殺戒（殺了三個替死鬼陸謙、富安、差撥），並從此走上不歸路——上梁山為寇。

看這樣的生命際遇，非但沒有人會怪林冲殺人，反而為其在山神廟前將個人的冤屈與憤懣得以宣洩而鼓掌叫好。不過叫好之餘，最值得關注的就是林冲形象的轉變——由一位息事寧人的正人君子走向以暴制暴的復仇者。「官逼民反」也許是《水滸》一書的目的，而林冲也是最符合此類型的人選，可是這樣的過程還是讓我們看到環境的惡化所導致人性的轉變。

如果一個人在社會化的發展過程中，本性得以提升，並將善的一面發揚光大，使社會充滿溫馨，人人向上，當然最好。可是並不是每個人有這樣的條件或機遇，可以逐步消除自己的七情六慾，並有正當的管道得以紓解。以高俅之子高衙內為例，之所以抑制不住對林冲妻子的垂涎，可以判斷其成長過程並不具備提升人性的要件。也就是說，他成長於一個凡事唯我獨尊，視別人如無物的環境。

以林冲這樣一個正人君子，面對高衙內的戲妻之舉，要討回公道，無異是以卵擊石。因為以高俅之惡，袒護自己兒子利益仍嫌不足，如何會指責其行為不當？面對這樣的人性險惡，林冲不僅毫無警覺，甚至還表示「權且讓他這一次」。這是林冲對人性的無知。如此的無知也導致後來高俅有機會派人於野豬林與草料場兩次置林冲於死地，為何要到第二次火燒草料場的追殺，林冲才對人性有所警覺？

再以林冲好友陸謙為例，所謂的「好友」，竟然是出賣背叛兼取其性命，如此相交一場，也可看出林冲對人性的不設防。儘管最後陸謙被殺，其代價是讓林冲親眼目睹人性中見利忘義的本質，這樣的教訓與挫折可以延續到後來林冲火併王倫，不得不用暴力來對付人性之惡。

看善良的林冲獨自面對黑暗人性的挑戰，其實很讓人不捨。因為他最後迫不得已地殺人，雖平息了胸中的怨氣，但角色的轉換，也讓他善良的一面跟著沉淪下去，以復仇者之姿才能保證不再受人欺壓。這就是林冲在環境逆轉時刻不得不以強勢角色保護自己的悲哀。《水滸》一書不斷讓我們看到這種惡質的生存環境導致善良百姓無能為力，最後只有走向自我武裝一途。這是否像一個群體沉淪的國度？

不過林冲的悲劇性還是讓我們想到古之明訓「鸞鳳不棲荊棘叢中」，也就是說真正的智者應遠離惡質的生態環境。以第二回中的八十萬禁軍教頭王進為例，在面對高俅惡勢力的欺凌時，他與母親做出的決定是遠走高飛，這讓人眼睛一亮。因為王進很清楚知道與高俅交手的下場，不願淌這渾水，如此也就避開了如林冲般家破人亡的悲劇（林冲後來在一百一十九回染病而亡，加入梁山事實上並未報高俅構陷之仇）。可惜王進在《水滸》中僅為曇花一現的角色，他出走後的發展也就無從比較了。

小旋風柴進

哀王孫　孟嘗之名幾滅門

四、柴進

「小旋風」柴進在畫家筆下確有皇家風範，頭戴簪花，兩手抱拳，行禮如儀，雖有江湖味，但從其服飾與配件可知出身不俗。在《水滸傳》中，他是「大周柴世宗嫡派子孫」，這樣一個來歷，立刻讓人想起歷史上有名的「陳橋兵變」。後周顯德六年（九五九），柴世宗率將北征契丹，無奈染病去世，七歲的恭帝即位，趙匡胤掌權，續出兵禦敵，在陳橋驛（開封東北）為部下擁立，是為宋太祖。趙匡胤為顯誠意，厚待柴氏子孫永享爵位及許多豁免權。如果柴進果真為柴氏後代，為何到了宋徽宗時代他的爵位與豁免權卻全不管用了呢？

先看他救林冲並薦其入梁山一事。當時官府緝捕林冲甚緊，但柴府向有丹書鐵券，形同護身符，如何還怕官府搜查逃犯？顯然《水滸》作者為了讓走投無路的林冲趕快上梁山，只有藉林冲之口說出：「非是柴大官人不留小弟，爭奈官司追捕甚緊……，求借林冲些小盤纏，投奔他處棲身。」如此一來，人既上了梁山，柴進的丹書鐵券也就用不著驗明正身了。（第十一回）

其次是李逵打死四歲小衙內一事。明擺著是逼朱仝上梁山，因為人是李逵打死的，可是帳卻算在朱仝身上。等朱仝追李逵至柴進府欲報仇，此時兩人已完全安全，無論誰是兇手，柴府的豁免權絕對可以加以保護。可是《水滸》作者還是安排了朱仝上山躲避，反而留下真正的兇手李逵。顯然丹書鐵券也不用聞問了。（第五十一回）

如果只看這兩件事，還是檢驗不出柴進家的丹書鐵券是否管用。等到了第五十二回「柴進失陷高唐州」時，大家才發現原來所謂的「丹書鐵券」形同廢紙。那時柴皇城臥病在床，柴進前往探視叔叔，得知殷天錫倚仗姐夫高廉（高俅兄弟）勢力欲奪其花園宅第，乃決定返家取丹書鐵券，告到御前。無奈緩不濟急，叔叔已一命嗚呼。此事引發李逵暴怒，三拳兩腳打死了前來叫囂的殷天錫。事情鬧大後，柴進依恃有護身符，叫李逵先返梁山，結果高廉根本不買柴進丹書鐵券的帳，立即屈打成招，下死囚獄。後來宋江費了九牛二虎之力，才將柴進從獄中枯井救出。重傷的柴進從此當然死心塌地留在梁山，再也不相信什麼護身符了。看來這還是《水滸》作者為了讓柴進上梁山不得不演繹出的手段。

若按《續資治通鑑》卷九十三來看，柴氏子孫在宋徽宗重和元年（一一一八）已再度受詔為崇義公、宣義郎，並世世代代為國三恪（侯爵）。而宋江起義的事則是在宣和二年（一一二〇），既然宋太祖至宋徽宗時代柴氏家族已不斷受封，僅僅兩年後就和宋江合作造反，豈不陷柴氏子孫於不義？顯然《水滸》作者寫柴進故事一方面聽了許多民間傳聞，再加上宋徽宗時奸佞當道，讓人特別懷念前朝柴世宗的英明，對其後代也就寄予無限的希望了。其實以柴氏家族的出身，即使獲得禮遇，也應保持低調，如何能以丹書鐵券做為個人行為的護身符呢？

在一百二十回的《水滸傳》中，柴進還有兩場較重要的戲，一是攜一千兩黃金買通劊子手救盧俊義性命（六十二回），一是與宋江入東京賞燈，藉機潛入皇宮內院盜走御書四大寇中的「山東宋江」四字（七十二回）。畫家為何要畫柴進簪花？就是取自七十二回「柴進簪花入禁院」的回目。當時柴進得知頭上簪一翠葉花可自由出入大內後，很快灌醉值班人員，取得憑證，換穿宮花錦襖，混進皇宮。或許陳洪綬對此幕深有所感，認為柴進乃前朝皇族，進出皇宮，又有何不宜？只可惜後來柴進隨宋江打方臘，功成身退，返滄州為民，無疾而終（一百二十回）。如此結局雖讓許多期待者抱憾，但安排柴進善終卻也不失《水滸》作者的厚道了。

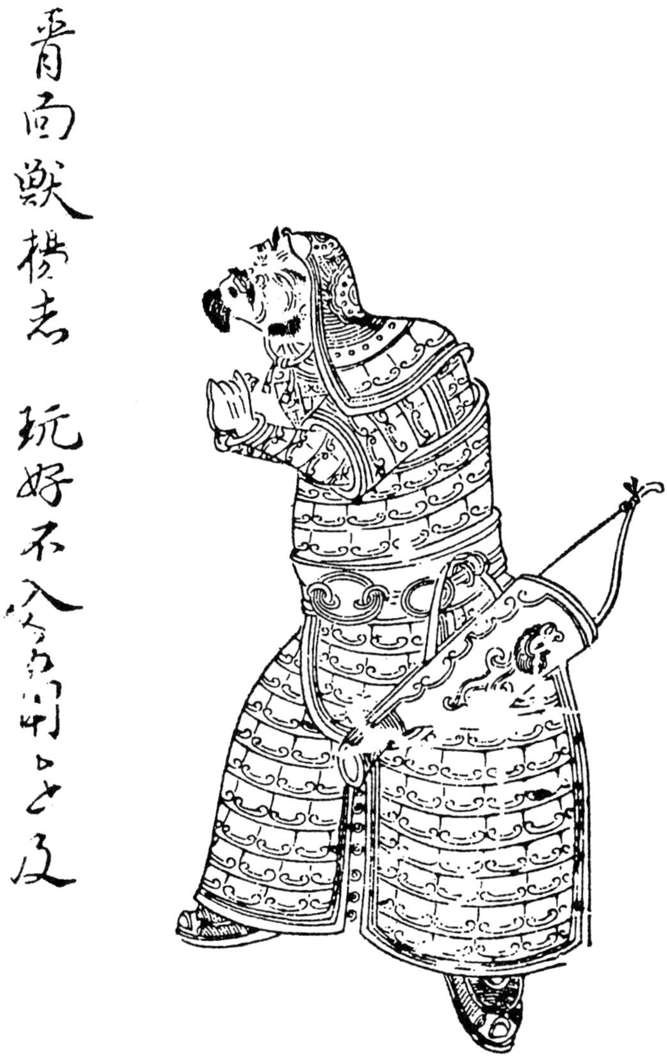

青面獸楊志

玩好不入 安用世及

五、楊志

「青面獸」楊志是在第十二回由林冲帶出場的。那時他的裝束是：頭戴氈笠，身穿白衫，下著青白行纏（綁腿），獐皮襪，毛牛靴，跨腰刀，提朴刀，生得七尺五六，面上老大一塊青記，腮邊少鬚……。若以此裝扮和陳洪綬筆下全身盔甲、腰挎寶弓的楊志相較，似有不同。其實畫家取材自第十三回「青面獸北京鬥武」。無論是第十二回楊志賣刀或第十三回北京鬥武，這兩件事都嚴重反映了宋徽宗時代花石綱事件與生辰綱事件的擾民與苛政，這也是楊志命運起伏大的原因。

楊志賣刀起因於運送宋徽宗造景所需的花石綱船隻遇風翻覆，無法交差，後雖獲得開釋，差事卻已無望。楊志為此變賣家產疏通上層，無奈高俅不買帳，白費銀兩不說，致使生活亦成問題。決定出售祖傳寶刀後，又遭市井無賴挑釁，楊志以刀試人，殺了無賴，刺配充軍。這是花石綱事件後楊志一波三折的命運。再看宋徽宗時代對雅石的癖好，建中靖國元年（一一〇一）開始，朝廷每年派人前往蘇州、湖州，採集奇石運回北京，動輒成千上萬，而藉此斂財的貪官蔡京、朱勔，更是大肆搜括、擾民至極。終於引發宣和二年（一一二〇）受害最烈的東南地區人民的反抗，帶頭者即是方臘。楊志賣刀的故事既反映了中下級軍官所受的盤剝（承擔運送風險外，還得打點上司），也暗喻方臘的反抗其來有自。

楊志充軍後，雖受蔡京女婿梁中書的重用，其實《水滸》作者欲藉第二波的生辰綱事件凸顯高官彼此賄賂的嚴重性。以楊志武藝之高強以及個性的縝密，擔此重任之餘，還是讓人捏一把冷汗。先看梁中書所準備的十萬貫慶賀蔡京的生日禮物，金銀珠寶一共裝了十一擔，派十一個壯健的軍人當腳伕，由楊志和其他三人監押上路。儘管楊志途中小心翼翼，還是遭晁蓋、吳用等人以麻藥麻倒，生辰綱被竊後，楊志功虧一簣，不僅再度為人陷害，也徹底斷了仕途之路。最後只得與魯智深結伴於二龍山落草。

看苦命的楊志東奔西跑徒勞無功，讓人極為感慨。《水滸》作者並沒有安排他在第十二回發生花石綱事件後與林冲直接入梁山，也許就是因為他的身世乃三代將門楊業（宋太宗時屢屢擊敗來犯的契丹，在《宋史》中已成忠義的典範）之後。尤其是初經梁山時，楊志拒絕王倫邀其入夥的理由是「不肯將父母遺體來點污了。指望把一身本事，邊庭上一鎗一刀，博個封妻廕子，也與祖宗爭口氣」（第十二回）。因此，儘管後來缺盤纏，楊志最多只是出售祖傳寶刀。可是《水滸》作者還是不斷地進逼他，最後在運送生辰綱失敗後，徹底落草為寇。這樣的安排不得不讓我們想起林冲的落草，同樣都是在無懈可擊的完美設計中一步步走向不歸路。

楊志的故事說起來只有「賣刀」和「運送生辰綱」較有名，後來的情節已不甚精彩。先是宋江要武松上二龍山勸魯智深、楊志接受朝廷招安投降（三十二回），然後是正式加入梁山集團（五十七、五十八回），直到征方臘時，楊志已因患病無所作為（一百一十二回），最後很快死於江蘇丹徒縣（一百一十九回）。如果檢視楊志的後半場，其實和許多梁山兄弟一樣，多是虎頭蛇尾地結束了一生。看畫家筆下如此精細地描繪楊志的穿著神態，顯然也希望找出他在《水滸》中的人格特質，可是若只畫「楊志賣刀」，似乎削弱了傳統戲劇中極富盛名的楊家將的風采，不如以比武場中的楊志「帶了頭盔、弓箭、腰刀」與人交鋒的模樣顯得神氣多了。望著蹲身屈膝拱手作揖的楊志，似乎正以「承讓」之姿展現楊家將的氣度與風度，此為陳洪綬極為細膩傳神的筆觸。

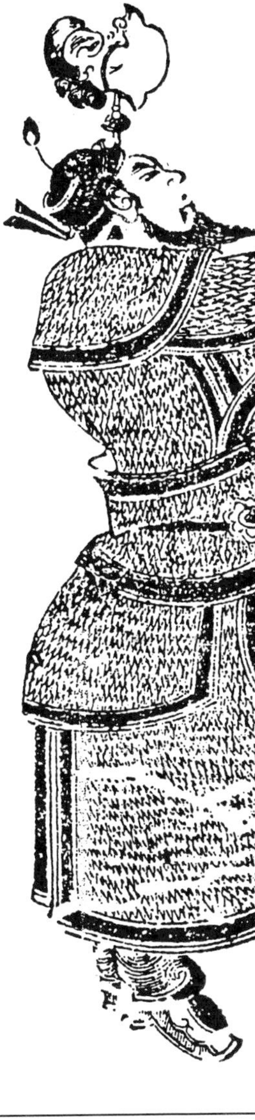

急先鋒索超

仗斧鉞　將天罰

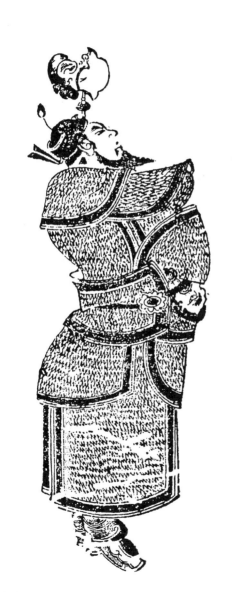

六、索超

「急先鋒」索超是由楊志在北京比武時帶出場的（第十三回），但直到第六十五回才因被擒，降了宋江。可以說《水滸傳》從第十四回到第六十二回的故事中都沒有索超的戲，如此看來，儘管他是梁山泊天罡星三十六員中的一員，其實戲份的多寡已決定誰是主角誰是副角。不過畫家筆下倒不受此限制，只要有發揮的空間，照樣可以抓住每個人的特質表現一番。

看這一幅圖，首先索超的神氣與傲氣就出來了。尤其是他站立的姿勢，可謂集武將之英勇於一身。索超的武器是有名的「金蘸斧」，也就是鍍了一層金的斧頭。在第十三回上場時是一柄，到了第六十三回時則變成兩把。無論如何，畫家就得先想像出這「金蘸斧」的模樣。於是在索超頭頂上出現的那枚東西就是此物。看樣子索超的右手之所以不見，恐怕就是繞過去扶持著那柄斧頭。此外，索超披著一身「鐵葉攢成鎧甲」，「腰繫一條鍍金獸面束帶」，如果以正面之姿做表現應該可以看到獸面帶的紋飾，可惜畫家選擇側面描繪。雖然如此，索超的鐵葉甲還是給人一種威風凜凜之感。

到底索超是如何號為「急先鋒」的？

「為是他性急，撮鹽入火，為國家面上，只要爭氣，當先廝殺，以此人都叫他做『急先鋒』。」這是第十三回初上場的敘述。那時索超正和楊志比武，鬥得不可開交，以「金蘸斧」對「渾鐵鎗」，五十餘回合，不分勝負。接著就是宋江攻打北京城時，索超出戰宋江陣營的秦明，不料為人偷襲，一箭射中左臂，撇了金蘸斧，大敗而回。後再戰宋江軍馬時，又連人帶馬陷入吳用所設計的雪坑中，終被生擒。（六十三、六十四、六十五回）

如此看來，索超的個性雖急，卻不是因急而被擒，主要還是遭對方暗算。因此索超身為北京大名府留守司正牌軍，以其武藝與楊志不相上下來看，宋江要想收降他，除非找武藝更高強的人打敗他，否則就只能智取。張恨水先生曾在其《水滸人物論贊》中指出：「索（超）與楊志比武，虎躍龍驤，幾無高下，則其出色當行，諒亦必由楊氏（志）於宋江前屢屢言之，故宋江之打大名，不欲生致李成聞達，而唯生致索超。」此雖為張恨水先生之推測，但顯然他認為索超另兩位同事李成與聞達之所以不受宋江青睞，主要原因是楊志上梁山後，一定告知了宋江有關索超武藝高強一事，這才是他被羅致的理由。

不過被羅致後的索超在參與打童貫之役（七十六、七十七回）後，很快隨著宋江接受招安（八十二回），其立場和其他軍官出身投奔梁山者都頗為尷尬。最後索超被安排死於征方臘之戰中（一百一十五回），表面上是為國捐軀了，其實是不得不迅速結束索超短暫的一生，以便回頭再寫其他人的結局。看索超上梁山的理由「被擒」，和林冲、楊志「被逼」相較，顯然《水滸》作者寫索超入夥不僅過於輕率，理由也不夠充分。而這樣的寫法儘管是為了創造不同類型的水滸人物，其結果卻是對索超軍官形象的傷害。仔細審視索超的一生，上山的理由既顯不出這位「急先鋒」的威風，陣亡的結局也只能讓人慨歎跟隨宋江的下場有如「犧牲打」。

幸而畫家筆下的索超，還有一股凜然不可侵犯的正氣，這就像金聖嘆所說的「雪天擒索超」即暗喻其有雪天精神。陳洪綬的圖既彌補了小說中索超性格描寫之不足，也與金聖嘆的細微觀察有異曲同工之妙。

插翅虎雷橫

插翅虎雷橫

好勇鬥狠以危父母賴茲良友

好勇鬥狠　以危父母　賴茲良友

七、雷橫

雷橫與朱仝均屬山東濟州鄆城縣的巡捕都頭。前者為步兵都頭，後者為馬兵都頭。二人同時在第十三回上場。不過雷橫最早和劉唐、晁蓋、吳用等人有交集，主要是《水滸》作者欲藉他帶出七人劫生辰綱一事。

先看畫家筆下的雷橫，似乎和小說中所言「身長七尺五寸（一七三公分），紫棠色面皮，有一部扇圈鬍鬚。為他膂力過人，能跳二三丈闊澗，滿縣人都稱他做『插翅虎』」有些差距。主要是雷橫腰身多了一圈誇張的刺藤或毛皮圍飾，其次是他手中所執的細長棍杖，並非他慣常使用的朴刀。經此改裝後，雖然雷橫體態不復輕盈，不過手中所執棍杖倒是可作為撐竿跳的輔助器材，不愁跳不過二三丈的闊澗。陳洪綬如此描繪反讓現代人有了想像的空間。

而雷橫在第十五回引出「七星聚義」、第十八回與朱仝放走晁蓋後，《水滸》作者很快讓他在第五十一回打死白秀英，吃上官司，於押解途中，經朱仝開脫，遁走梁山。入夥後的雷橫除了幫宋江攻打呼延灼外，幾乎已無作為，最後在剿方臘時死於浙江德清縣（第一百一十五回）。因此嚴格說起來，雷橫故事的重點應在《水滸》前半的打死白秀英事件上，而此事件亦可看出他之所以被形容為「心地匾窄」的原因。

宋江三打祝家莊後，雷橫公差路過梁山，住了五日，宋邀其入夥，雷橫答稱侯老母終年之後，再來相投。返鄆城後，雷橫前往戲園聽戲，因未帶賞錢，受女伶白秀英及其父譏諷，氣不過之下，將白父拳打腳踢一頓。白秀英一狀告到知縣（二人為相好）處，雷橫遂遭剝衣綁縛於戲園門口示眾。適逢雷母前來送飯，見子受此羞辱，與白秀英理論，白動手推倒雷母，並賞以耳光。雷橫看不過，提起身上枷鎖朝白秀英一劈，頓時腦漿迸流，一命嗚呼。

此事明顯肇因於雷橫沒帶賞錢，尤其是在人來人往的戲園子，聽戲給賞是理所當然的事。雷橫若未帶應可婉言相告，來日再賞，可惜身為公差的雷都頭竟然先動手打人（其名「雷橫」，果然「蠻橫」也）。若再審視之前的第十四回，他不問青紅皂白地捉住劉唐，判其為賊，後經晁蓋以十兩銀子相送，才放劉唐一馬，足見其不問是非與貪瀆性格之事實。當劉唐事後心覺不公，欲替晁蓋討回十兩銀子時，二人還為此大打出手，更顯雷橫慳吝的一面。因此白秀英事件之所以演變成雷橫打死人，就是這貪吝性格所致。再看看雷母的行徑，自己兒子與人口角，先動手打了別人的老父，非但不反求諸己，還至戲園大鬧一場，由此可見雷橫的「心地匾窄」是其來有自。

此外，雷橫還道道地地是一個以私害公的人。從捉拿劉唐、私放晁蓋，到陷朱仝於不義，都可看出他上梁山是遲早的事。若仔細再看雷橫的出身，「原是本縣打鐵匠人出身，後來開張碓房（磨坊），殺牛放賭；雖然仗義，只有些心地匾窄；也學得一身好武藝」（第十三回）。這樣一個人即使出了頭，當上了巡捕都頭，竟然放棄追捕劫生辰綱的要犯晁蓋（晁蓋等人劫生辰綱並非劫富濟貧，而是為了發財），明顯是違反公務。而且公然上梁山接受宋江招待，更是視法律如無物。

雖然雷橫的所作所為從現代人的角度來看是知法犯法，不過若回到《水滸》成書的年代——元末明初，以及故事年代——宋徽宗宣和年間，都給人極大的政治不安定之感，無疑在這樣的年代要求人民有法律素養以及官員有守法精神等於緣木求魚。於是《水滸傳》中會出現像雷橫這樣的角色不僅不足為奇，甚而還擴大了我們對其成書年代與故事年代所處時空的解讀。

薩孟武先生在其《水滸傳與中國社會》一書中開頭即以「流氓集團」稱所有爭奪帝位野心的人，這樣的說法除了是一針見血外，還讓人看到大流氓者爭奪帝位，小流氓者橫行鄉里的事實。以雷橫身居官府捕頭，卻要地痞流氓性格來看，《水滸》作者在前半的故事情節裏即不斷揭發像雷橫這樣貪贓枉法的公僕，他們不唯早已不適任，甚而犯案後還加入梁山，成為梁山的當家成員，最後竟喊出「替天行道」的口號，實在說不通，也令人不解。不過

《漫說水滸》作者陳宏與孫勇進則認為，以吏胥的身分撈取外快的行徑，在那個世界裏，並不被視作德行有虧。若果真如此，看看雷橫，想想梁山，再想想宋徽宗宣和年間與元末明初《水滸》成書的年代，現代人要穿越一千年或四百年的時空去認同當時人的所作所為，無論如何，都會是一個難解的習題。

赤髮鬼劉唐

民脂民膏　我取汝曹　太山一擲等鴻毛

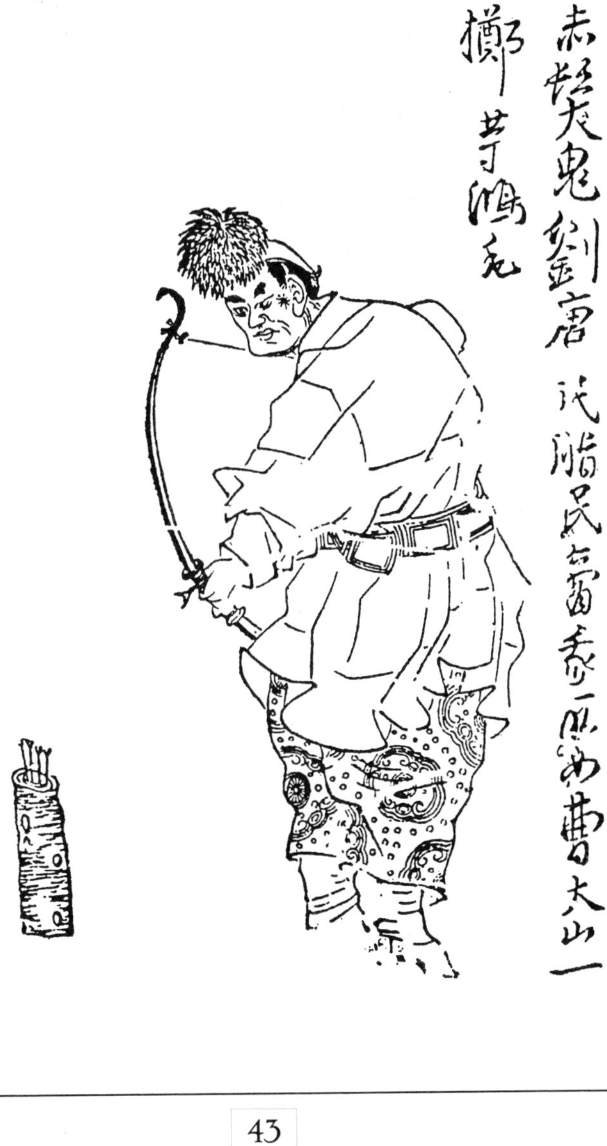
赤髮鬼劉唐
民脂民膏我取汝曹太山一
擲等鴻毛

八、劉唐

照理說「赤髮鬼」劉唐應有一頭赤髮才對，可是若真這樣想，那《三國演義》中孫權的「紫髯碧眼」，是否該信呢？小說原本充滿想像，越是誇張的情節越容易給人深刻印象。其實劉唐在小說中號為「赤髮鬼」與髮無關，主要原因是他臉上帶有一硃砂痣（畫家所繪星狀處）。看到此，相信很多人都有上當的感覺，畢竟硃砂痣和赤髮鬼完全是兩回事。

再看元龔聖與的《宋江三十六人畫像贊》，劉唐在當時並不叫「赤髮鬼」，而是「尺八腿」，原因是：將軍下短，貴稱侯王；汝豈非夫，腿尺八長

（約四五十公分）？以此審視陳洪綬筆下的劉唐——頭戴絨毬帽飾、身著寬鬆花褲，前者轉移了赤髮的焦點，後者巧妙回應了短腿之說，這是畫家細心與厚道之處。

在《水滸傳》中，劉唐只有兩場比較重要的戲——智取生辰綱與下山謝宋江。前者乃是第一個發砲，提議劫富貴之財「生辰綱」，並引出「七星聚義」的情節；後者則是奉晁蓋之命，月夜訪宋江，謝其私放之情。雖然後來的劉唐多數時候都留守梁山，未隨宋江出戰，不過在幾次重要的攻防戰中，他也有一定水準的表現：一是官差黃安前來剿賊，為劉唐捉拿（第二十回）；二是劫法場救宋江，報黃文炳誣陷宋江之仇（第四十一回）；三是參與打曾頭市之役，為十個頭領之一（第六十回）；四是攻打大名府，殺太守全家（第六十六回）。只有在攻東平府一役不幸為張清的石子打中，因而被捉。如此看來，劉唐從上梁山第一次排座位坐了第四名（僅次於晁蓋、吳用、公孫勝），到第七十一回「梁山泊英雄排座次」成為步軍頭領第三（僅次於魯智深、武松），這樣的順序，應是深受梁山集團肯定的。

不過劉唐到底使用何種兵器呢？從一開始上場他赤條條地睡在廟裏供桌上，顯然是手無寸鐵的。後來為了晁蓋的十兩銀子與雷橫相鬥，手中武器也不過是一般的朴刀。鄆城月夜見宋江時，所帶亦為腰刀。劫法場救宋江那次用的是鎗棒。大抵看來，《水滸》作者並沒有安排劉唐有一套專屬兵器，這有點可惜。幸好畫家筆下沒讓這位步軍頭領的手閒著，以弓身回首射箭之姿，顯揚了一下他神射手的威風。

可惜劉唐最後死得很慘，也有點不值。在剿方臘之戰進攻杭州城時，他為了搶頭功，被閘門上的閘板連人帶馬砸死（第一百一十五回）。這樣的死因顯然是個性急躁所致，如果當時盧俊義與林冲能止住衝動的劉唐，或許還有救，偏偏就是在危急時刻出了狀況。宋江雖為此痛哭一番：「屈死了這個兄弟！自鄆城縣結義，跟著晁天王上梁山泊，受了許多年辛苦，不曾快樂。大小百十場出戰交鋒，出百死，得一生，未嘗折了銳氣。誰想今日卻死於此處！」其實這樣的下場也幾乎適用於所有戰死的梁山兄弟。

《水滸傳》一百二十回的版本，為了了結故事，必須快速交代一百零八人的結局，於是在後面幾回往往一口氣安排數人或數十人陣亡與冤死，多了滄涼，少了悲壯，讓人不忍。這也是為什麼七十回本較受歡迎的理由。

智多星吳用

彼小范老　見人不早　曳石悲歌　張元吳昊

九、吳用

吳用上梁山前的身分是秀才，畫家若按其第十四回初上場的裝束「戴一頂桶子樣抹眉梁頭巾，穿一領皂沿邊麻布寬衫，腰繫一條茶褐鑾帶，下面絲鞋淨襪；眉清目秀，面白鬚長」來描繪，肯定不是畫面中這副模樣。其實吳用從第十五回遊說阮氏三兄弟加入劫取生辰綱的團體時已有軍師架式，這也是為什麼陳洪綬將吳用形塑為三國時代的孔明，而孔明在一代文學大師魯迅看來是「多智而近妖」。這「多智」確是褒辭，而「近妖」則是貶意。《三國演義》作者羅貫中大約也沒想到他筆下的諸葛亮在三四百年後竟然被人看成

「近妖」。至於《水滸》中的吳用又如何？

外號「智多星」的吳用，在《水滸》中雖有「謀略敢欺諸葛亮」之稱，其實很多人從其「吳用」二字已聯想到「無用」。而坊間對吳用的看法也一直有兩極化的評論，像馬幼垣先生認為吳用是「本領最被誇張之人」，張恨水先生則以為「吳用雖為盜，實具過人之才」，薩孟武先生卻說「吳用不是無用，而是最有用的」，且「梁山泊一天沒有吳用，一天就不能存在」。既然如此，我們必須回到文本來看吳用的一生。

吳用從「智取生辰綱」後，即與晁蓋等人直奔梁山。在林冲火併王倫後，坐上梁山第二把交椅。宋江刺配江州時，吳用介紹戴宗並獻計搭救，結果因圖章問題出了狀況。宋江上梁山後，二打祝家莊時，吳用引阮氏兄弟來救；三打祝家莊時，吳用使出連環計。之後邀朱仝入夥。柴進失陷高唐州時，吳用分析形勢，請出公孫勝破高廉妖法。高太尉興兵攻梁山，吳用獻計，先派時遷盜甲，賺徐寧上山，再破連環馬，智擒呼延灼，活捉凌振。為救史進、魯智深，騙取宿太尉的金鈴吊掛。曾頭市之役，晁蓋死，吳用等人立宋江為頭領。宋江欲為晁蓋報仇，吳用諫百日方可。憑三寸不爛之舌賺取盧俊義上山。後盧俊義遭陷，獻計搭救。以裏應外合之計取大名府。以埋伏、火攻之計敗曾頭市，為晁蓋復仇。最後與公孫勝成為梁山的機密軍師（七十一回）。

再看一百二十回本，吳用還有十面埋伏贏童貫、燒戰船敗高太尉、九宮八卦陣打大遼、兵分兩路擒田虎、故布疑陣捉王慶等戰功。因此不論是招安前或招安後，吳用都是一心一意追隨宋江征戰南北，並為梁山出路而鞠躬盡瘁。儘管他所獻之計規模無法和諸葛亮相比，其實對梁山軍而言，只要克敵，即算成功。既然《水滸》作者是在諸葛亮的基礎上去創作吳用這個人，怎麼看也不至於「無用」，只能說小小的梁山集團讓吳用如魚得水，適才適性。在這一點上，張恨水先生認為吳用其品類鱔，而非淞鱸、河鯉。可謂公允之至。

最後吳用之死亦值得關注。宋江與李逵喝了御賜的毒酒後，吳用於夢中見其二人來告，遂決定「同會於九泉之下」，與花榮「雙雙懸於樹上，自縊而死」。這是一百二十回本《水滸》的結局，讓人有萬事皆空之嘆。以吳用這樣一個陪葬的角色來看，儼然又是「桃園三結義」的翻版，雖非同年同月生，卻得同年同月死。很多《水滸》迷對此有不一樣的解讀。有人看成是一齣悲劇美學，有人則認為吳用應留下為宋江平反。無論如何，若將吳用之死再和諸葛亮之死加以對照，即可看出兩人的高下，前者完成的忠義是兄弟之情，後者完成的忠義是國家之愛。

看畫家以寬袍大袖詮釋吳用，頗有仙風道骨之姿，只不知在其掐指一算下，自己的一生是否亦了然於胸？

活閻羅阮小七

還告身　漁於津　養老親

十、阮小七

好一幅阮小七提著人頭上場的圖！這到底是怎麼一回事？若按《水滸》第十五回的描述：「疙疸臉橫生怪肉，玲瓏眼突出雙睛；腮邊長短淡黃鬚，身上交加烏黑點」，確實是阮小七初上場的模樣。不過那顆人頭顯然是陳洪綬的神來之筆，為了凸顯小七的外號「活閻羅」，以及住家號稱「斷頭溝」，以誇示其有追魂攝魄的殺人本事。

到底阮小七是否真有如此本事？

按《水滸》第十九回，阮氏三兄弟（小二、小五、小七）上梁山前，曾在石碣村將一夥緝捕而來的官兵搠死在蘆葦蕩裏，而小七則是以刀割取了緝捕頭領何濤的雙耳。陳洪綬大約覺得與其畫雙耳，不如乾脆以人頭代替，更顯小七的殘暴。其實仔細審視出身漁村的阮氏三兄弟，並非如初上場所敘述的外貌與外號（小二叫立地太歲，小五叫短命二郎）如此嚇人。

先看上梁山前他們的生活。「在濟州梁山泊邊石碣村住，日常只打魚為生，亦曾在泊子裏做私商勾當」，「那阮小二……頭戴一頂破頭巾，身穿一領舊衣服，赤著雙腳」，「這阮小七頭戴一頂遮日黑箬笠，身上穿個棊子布背心，腰繫著一條生布裙，把那隻船盪著」，「那阮小五斜戴著一頂破頭巾，鬢邊插朵石榴花；披著一領舊布衫，露出胸前刺着的青鬱鬱一個豹子來」。顯然只是三名窮苦的捕魚兄弟，如何能與殺人角色相提並論？

再看吳用以「義氣最重」為由，邀他們兄弟入夥劫取生辰綱，之後成為官府緝捕對象，直到在石碣村殺了官兵，才奔向梁山。後參與梁山火併王倫，跟隨晁蓋與宋江打天下，終於成為名副其實的賊寇。招安後，小二、小五死於征方臘一役，小七則帶著母親返回漁村，仍舊捕魚為業。因此嚴格探討起來，三兄弟身分與角色的轉變，吳用是關鍵。

試看吳用激三兄弟上梁山捉強盜那場對話。小七答稱：「便捉得他們，哪裏去請賞？也吃江湖上好漢們笑話。」小二道：「先生，你不知。我弟兄們幾遍商量，要去入夥（梁山）。」小五道：「那王倫若得似教授這般情分時，……我弟兄三個便替他死也甘心。」（第十五回）這是吳用利用三人之厚道與義氣為其劫取生辰綱的一個明證。可以說是他改變了三人命運，並走向不歸路。

可是三人在加入梁山後，《水滸》作者竟安排他們常留水寨，較少隨軍出戰（如：一打祝家莊、打北京城、夜打曾頭市，均不見其蹤影）。即便是第七十五回以阮小七為主偷喝御酒的戲，也沒有廝殺的場面，只是讓宋江受招安的機會暫時受阻而已。至於第八十回三敗高太尉，阮氏三兄弟雖上場，也僅止於先鋒角色，鑿漏高太尉船底的任務卻是由張順帶頭。等到破遼、打田虎、剿王慶後，三兄弟雖向吳用表示對朝廷奸臣當道深感失望，願回梁山仍舊落草（第一百一十回），但也只是發發牢騷而已。可以說上梁山後的阮氏兄弟反從當初的殺手形象（儘管不對）退居二線，成了跑龍套的角色。

最後再看小七征方臘時，因穿上龍袍衣冠過過乾癮，為童貫所告發，除追奪官誥，還降為庶民，可是小七卻依然歡喜自在地帶了老母返漁村打魚。這臨去前的瀟灑身段，才讓我們真正見識了他純樸的漁夫本色。顯然前面所謂的殺手，不過是情節的誇示罷了。

看陳洪綬以驚悚的「小七殺人圖」做表現，其實反映了中國古典長篇巨著裏常見的一個現象——為了情節，不惜犧牲人物性格。以清朝文康所著的《兒女英雄傳》為例，女主角十三妹何玉鳳開頭還是個不折不扣的俠女，過了中段情節以後，逐漸轉向淑女，最後竟為男主角安少爺收編為賢妻，做了他的二夫人。這和《水滸》中的阮小七一樣，到底是他一開始的殺手形象被後來的情節犧牲了，還是原本就純樸的漁夫本色在發展過程中被掩蓋了？當然還有一個最大的可能就是：《水滸傳》在成書過程中經由不同的寫手編造出不一樣的發展過程，於是就出現了這樣一個令人迷糊的結果。

入雲龍公孫勝
出入綠林 一清道人

十一、公孫勝

魯迅曾說《三國演義》中的孔明「多智而近妖」，若以此標準看梁山兩位軍師吳用與公孫勝，顯然前者「智」不及孔明，而後者「妖」則又太過。幸而在《水滸》中，公孫勝也僅止於「畫符作法」之能事。

如果以第十五回中的「雙丫髻、短褐袍、古銅劍、多耳麻鞋、鱉殼扇子」的特徵來看公孫勝，似乎與畫家筆下「一披髮赤足道人，手持符棍（或寶劍），施以神火，驅退小鬼」這一幕大不相同。不過陳洪綬以「公孫收妖圖」的生動情節，加強了視覺效果，反成令人難忘的畫面，顯然比《水滸》

作者筆下的公孫勝略勝一籌。

公孫勝外號「入雲龍」，一上場即有呼風喚雨、騰雲駕霧之本領。在《水滸》中，確實運用到這些本事的地方有：祭風燒官船（十九回）、以五雷天罡正法救宋江、仗劍治怪獸並破高廉神兵（五十四回）、以八陣圖鬥混世魔王樊瑞（六十回）、以陰雲黑霧治張清的飛石術（七十回）、主持超度亡靈（七十一回）、祭風火攻高太尉戰船（七十九回）、寶劍退遼軍妖法（八十六回）、古劍破喬道清妖術（九十六回）、神火尅馬靈金磚法（九十九回）、作法取涼風（一百零五回）、唸咒捉李助（一百零九回）等，至少十多次。以此來看，「法師」公孫勝與「軍師」吳用的角色基本上是不衝突的。

不過若翻開宋末元初龔聖與的《宋江三十六人贊》，其實並沒有公孫勝這個人（也沒有林冲這個人），顯然他是在《水滸》成書的漫長過程（由宋至明）中，逐漸後加的角色。而這樣一個道士法師竟然一上場就建議晁蓋進行劫取生辰綱的計畫，如此貪財是為何？如果不是小說作者的突發奇想，就是意有所指地反映當時的價值觀，一個國家失控、上下紊亂的社會，誰都可以巧取豪奪。

不過仔細觀察公孫勝跟隨晁蓋、吳用劫取生辰綱上梁山後，反將財富賜與眾頭目與嘍囉，似乎目的又不是為了錢，應是為了取得個人或群體認同的生存空間。有了梁山，一切好辦。不過這也是很多《水滸》專家最為質疑的一點，既然公孫勝法術一流，無論上山修行或浪跡天涯，都不需有人作伴，頂多收個徒弟傳傳法術即可，何必大費周章地投靠梁山取得一席之地？

果真如此的話，無法想像梁山集團沒有公孫勝，所面對的妖術戰要如何打？顯然只有一敗塗地了。因此雖然以公孫勝的法術可以獨來獨往，畢竟《水滸》後加的許多情節都不能沒有他，看看公孫勝祭出十多次風火雲霧之本領，宋江得以安然打敗官府、降服高廉、殺退遼軍、擊斃田虎、征剿王慶，不僅增加《水滸傳》的傳奇色彩，也值得與《西遊記》的怪力亂神相較。尤其是介紹公孫勝的師父羅真人那一段最為有趣（五十三回），完全岔離了《水滸》主題，卻也拜公孫勝之賜，才能讓人眼睛一亮，看到《水滸》中的神話色彩。

此外，公孫勝最後的離去亦值得一談。宋江攻遼時，曾與公孫勝同往羅真人處參拜，羅真人告知宋江切勿久戀富貴，並要求奏凱還京時，讓徒弟公孫勝離去。後果然在一百一十回未攻方臘前，公孫勝就辭別了宋江，全身而退。由此觀之，公孫勝這個角色純屬虛構。因宋江參與的眾多征戰中，唯有方臘一役屬史實，要是果真讓公孫勝待到方臘之戰，一百零八條好漢怎麼可能打得只剩二十七人（受封者）？從《水滸》作者安排公孫勝貪財上場到繼承師業而別，可知這是一個牽強附會的角色，來去的理由都和梁山所謂的替天行道沒什麼關係，自然也就沒有說服力了。

母夜叉孫二娘

殺人為市　天下趨之以為利

十二、孫二娘

在《水滸傳》中，「母夜叉」孫二娘賣人肉包子的惡名是人盡皆知的。偏偏在畫家筆下卻將她描繪成一位低頭做針黹的良家婦女，這很讓人納悶。其實只要翻開陳洪綬的仕女圖，可明顯看出其深受唐周昉仕女畫穠麗豐肥的影響。而此「穠麗豐肥」正是六朝以來豐肌曲眉式的婦女體態的特色。以此審視陳洪綬筆下的孫二娘，不難理解為何要將「眉橫殺氣，眼露兇光」的母夜叉改造成溫柔敦厚的「繡女圖」了。這是畫家的美學堅持。

釐清這個差距，再回頭探索孫二娘在《水滸》中的實際表現。入梁山前，她和張青（夫妻二人）在孟州道十字坡經營酒店，專揀過路客下手，肥的做黃牛肉賣，瘦的做水牛肉賣，零碎小肉則切做包子餡兒。第十七回中，魯智深即被其麻藥迷昏，幸而張青返家早，發覺智深攜有一條禪杖（張青曾吩咐孫二娘有三等人不可傷害，一是雲遊僧道，二是妓女，三是罪犯），否則早就當成黃牛肉賣了。第二十七回中，武松亦遭此際遇，幸賴警覺得早，將其制伏，雙方反成了好友。此即最有名的一回「母夜叉孟州道賣人肉」。接著就是第三十一回，孫二娘勸一口氣殺了十五人的武松投奔二龍山魯智深處，上路前還為其剪髮換裝。最後就是第五十八回，與智深等人從二龍山寶珠寺一齊奔梁山了。

上梁山後，宋江令孫二娘和張青繼續掌管酒店，負責哨探（五十八回）。後宋江攻打北京城，孫二娘曾任副將，領嘍囉一千人作戰（六十三回）。吳用智取大名府時，孫二娘與張青潛入盧俊義宅放火為號（六十六回）。後隨宋江打東平府，捉了雙鎗將董平（六十九回）。梁山泊英雄排座次時，仍執掌酒店（七十一回）。宋江三敗高太尉時，與張青仍負責放火

（八十回）。招安後，未隨宋江攻薊州，倒是參與擒田虎、鬥王慶之役。討方臘時，隨盧俊義攻打宣、湖二州（一百一十二回），後張青死於亂軍之中，孫二娘為敵方飛刀手所傷，亦亡（一百一十八回）。

前後比較孫二娘的兩種角色「女老闆」與「女強盜」，顯然前者要有特色得多。那時的她常坐酒店門前，「露出綠紗衫兒來，頭上黃烘烘的插著一頭釵鐶，鬢邊插著些野花。……下面繫一條鮮紅生絹裙，搽一臉胭脂鉛粉，敞開胸脯，露出桃紅紗主腰（肚兜），上面一色金鈕」（二十七回），既清涼又養眼，過路的客人想抗拒也難，一個個只有乖乖「入甕」了。想來畫家要描繪的就是這一段，可是為了不觸及露肚兜的底線，只好選擇「繡女圖」做表現。雖不符合孫二娘「掛羊頭賣狗肉」的黑店老闆娘角色，不過每天坐在酒店門口繡花，未嘗不是一種障眼法。

可惜孫二娘這女老闆角色，在上梁山後，經幾次征戰，轉化成殺人放火的女強盜，形象似乎比先前賣人肉包子還不堪。《水滸》專家馬幼垣先生認為孫二娘賣人肉是最凶殘的禽獸，其實在《水滸》中，賣人肉的不只孫二娘。以第三十六回為例，宋江亦曾被專在揭陽嶺經營黑店的「催命判官」李立麻翻在剝人凳上，差點剝了皮。因此與其譴責孫二娘賣人肉，還不如還原《水滸》成書的年代，在歷經元朝高壓統治下，百姓生活無著，出現賣人肉吃人肉的悲慘狀況。如果孫二娘在五十八回受了宋江的感召上梁山，應該有機會擺脫黑店女老闆的惡名，可是結果並不是這樣，反而因入梁山殺更多無辜的人，其女強盜的名聲又比黑店女老闆好到哪裏？基本上都是極負面的形象。儘管《水滸》作者是以形塑男性戰死沙場的「英雄」角色來改造她，使其在征方臘後成為為國犧牲的「巾幗英雄」，其實這種改造還是離不開愛國主義的思想，反而讓孫二娘失去了展現自我特立獨行的一面(非指賣人肉)。

看畫家基於美學的堅持，寧可以「繡女圖」詮釋孫二娘的正面形象，儘管顯示了畫家的厚道，卻也表示孫二娘在《水滸》中的前後角色在當時的主流社會是不被肯定的。尤其是後者的「巾幗英雄」形象，為何陳洪綬不願以此為描繪對象？明顯受當時保守氛圍影響，不願承認孫二娘「巾幗英雄」的地位。看來《水滸》作者初期塑造孫二娘為「黑店女老闆」，以及上梁山後的「女強盜」形象太傷了，很多人還是無法接受孫二娘會搖身一變而成不讓鬚眉的女英雄。

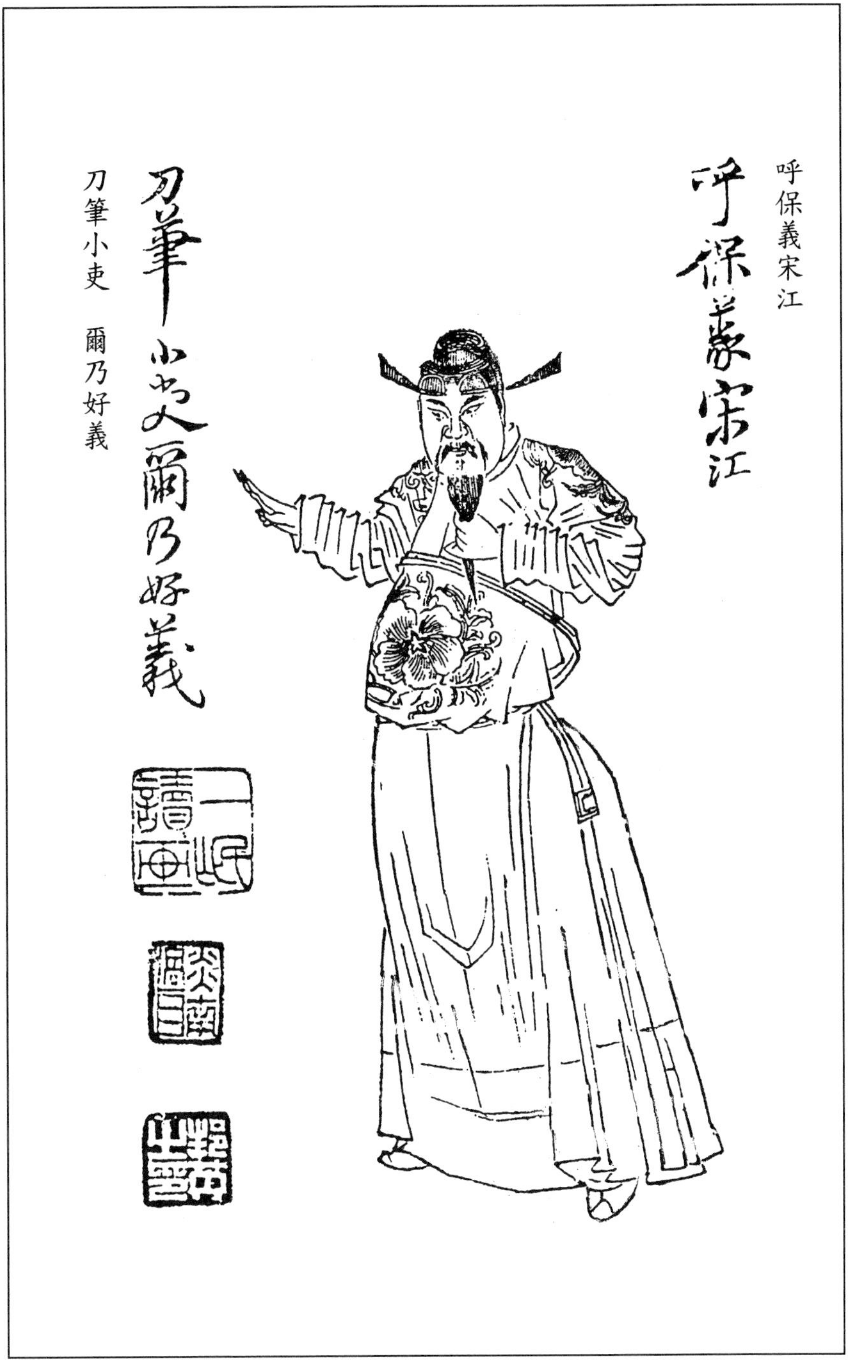

呼保義宋江

刀筆小吏　爾乃好義

十三、宋江

看《水滸》，談宋江，免不了要回到《宋史》。在〈徽宗本紀〉、〈侯蒙傳〉、〈張叔夜傳〉中都記載了宋江的事蹟，說他是淮南盜，曾以三十六人橫行齊魏，騷擾官軍，後由張叔夜招降，而侯蒙亦曾建議朝廷使其討方臘，將功贖罪。因此歷史上的宋江充其量不過是聚眾作亂的賊領，因聲勢浩大，曾橫行於山東、河北、河南、江蘇、安徽等省。

而這樣的宋江故事歷經北宋末年到明朝末年，因傳說、話本、小說、雜劇等的演化，終成一部章回小說的巨著，至今有七十回本、一百回本與一百二十回本等。因此小說中的宋江面貌不僅逐漸複雜起來，也超越歷史上的單一盜賊形象。在小說中，宋江的面貌可以三階段來分析。

第一是上梁山前。他從第十八回初上場就有「黑宋江」、「孝義黑三郎」、「及時雨」、「呼保義」等外號，可知形象與人緣是極佳的。偏偏這個押司小吏竟通風報信，把搶劫生辰綱的要犯晁蓋等人給放了。若從此事去看宋江，他的為人是因時制宜的，不因自己為官府中人而覺得有所牴觸。再看第二十一回怒殺閻婆惜那一段，只因婆惜拿住了他外通晁蓋（已是梁山賊寇）的書信與酬金，就殺了婆惜，而且還怕她不死，乾脆割了頭顱。此事亦可看出宋江的人格特質，逼急了什麼事都做得出來。由於這兩件事都因晁蓋而起，而宋江寧可為兄弟干犯法令（私放通緝犯、取小妾性命），這就點明了《水滸傳》的宗旨——為兄弟兩肋插刀在所不惜。

宋江開始逃亡後，在清風寨花榮處，惹出一場事端，導致花榮亦被押往青州，途中王英等人來救，宋江下令：休害百姓，休傷寨兵。可是卻叫人將傷害他的劉高全家老小盡皆殺害（三十五回）。到這個階段的宋江，已明顯成為有仇必報的復仇者。最後在潯陽樓題反詩遭迫害（三十九回），更是促成宋江上梁山的關鍵主因（四十一回）。《水滸》作者寫到這裏，暫時完成了宋江第一階段的形象工作。

第二上梁山後。先是因時遷偷雞，宋江率兄弟三打祝家莊，並搶劫一空，可謂標準的強盜行徑（四十六回至五十回）。後為救魯智深，大鬧西嶽華山，割了華州太守的頭（五十九回），這已是公然向官府挑戰了。曾頭市之役，晁蓋中箭不治，宋江成新寨主。邀盧俊義上山的手段則極其歹毒，不僅使其家破人亡，且身陷囹圄。為了救盧，宋江竟不惜發兵攻打北京城（六十至六十三回）。偏偏到了這個時候，《水滸》作者還借呼延灼之口說出「宋江忠義，不幸從賊，素有歸順之意」（六十四回），這如何能再讓人相信宋江的人格？儘管宋江在六十八回為晁蓋復了仇，也決定讓位給盧俊義，這些動作不僅未使其人格加分，反而更讓人看穿他「以孝義為名，行巧詐之實」的伎倆。

第三是招安後的宋江。除繼續率領兄弟南征北討外，在剿方臘一役

（其實已有學者考證出宋江並未參與征剿方臘），死傷尤為慘烈，最後僅餘二十七兄弟赴京受封。這難道就是追隨宋江的下場？一百二十回的《水滸》作者顯然藉此更犀利地批判宋江的自我矛盾，又要對兄弟有情有義，又要對國家效忠盡力，結果卻使更多的兄弟犧牲，而自己亦躲不過皇帝所賜的酖酒。可以說導致這樣的結局宋江不僅是罪魁禍首，也是咎由自取。

看三階段宋江面貌的發展，雖不免有穿鑿附會的誇張情節，但基本上還是可以看出：登上權力高峰後的宋江面目如何。即使是素有孝義之名的人也禁不起權力的誘惑。看《水滸傳》將歷史上的宋江發展成小說中的宋江，儘管近距離地淘淥人性，卻也讓人看到人性中墮落的本質。

而畫家筆下威風凜凜的宋江，雖著官服，卻手捋鬚髯，遙指他方，這他方指的是何處？梁山，還是朝廷？

美髯公朱仝
美髯公朱仝
許身走孝子　黥面不為恥
許身走孝子　黥面不為恥

十四、朱仝

看朱仝背著一孩童玩耍，即知此故事出自《水滸》第五十一回「美髯公誤失小衙內」。「美髯公」即朱仝的外號，從其外貌如關雲長模樣來看，顯然《水滸》作者是以關公的標準來打造朱仝，可是觀其事蹟，卻又悲慘有餘，壯烈不足，倒是「忠厚」性格還頗堪玩味。

朱仝的身分是山東濟州鄆城縣的巡捕都頭，可是卻有三次私放人犯的紀錄。第一次是私放晁蓋，即搶劫生辰綱的要犯；第二次是宋江，因其殺了閻婆惜；第三次則是自己的同事雷橫，因其劈死了白秀英。如此看來，朱仝已是嚴重失職的巡捕隊長。可是為什麼很多人還是同情他的處境，認為罪不在他？

放晁蓋那一回，因「他是天下聞名的義士好漢」、「平生仗義疎財」，故人人均要投奔於他，可以想像《水滸》作者是有意要讓朱仝放走這樣一位地方上的大善人（第十八回）。而放宋江那一回，除了宋江與晁蓋濟弱扶傾的性格相當外，最主要的原因是鄆城知縣與宋江交情最好，一心要救宋江，朱仝怎能例外呢？自然也就有了「義釋宋公明」的情節（第二十二回）。至於放走雷橫，更是理所當然。以朱仝與雷橫同事多年的交情，又想著雷橫老母無人奉養，遂發出善心願代雷橫受過，刺配滄州。如此情義，令人感動之餘，也讓朱仝的人格特質完全定型（第五十一回）。

可惜《水滸》作者為收攬朱仝上山，竟然安排了一條毒計，叫已上梁山的雷橫騙出朱仝，而當時朱仝正攜知府小兒子觀賞河燈，雷橫見了朱仝，由吳用點明來意，欲說朱仝上山。朱仝一聽，馬上拒絕，理由是：為了雷橫已是有案在身，將來服刑期滿還可復為良民，為何要上山入夥？吳用聽了，亦未勉強。等朱仝發現知府小兒子不見時，雷橫在旁雖假意搜尋，其實當時小孩已遭「黑旋風」李逵毒手，死狀奇慘，頭竟被劈成兩半。

這樣一條逼上梁山的歹計顯然是針對忠厚的朱仝而設計。可是如此一來，不僅與《水滸傳》的原意「上梁山的好漢多為官府所逼」不符，也使梁山好漢之名一再受人質疑。再看吳用、李逵、雷橫三人為引朱仝入夥，竟將一位無冤無仇的稚齡孩童斧劈致死，這難道是號稱「仗義疎財」的晁蓋、宋江所樂見的事？果真如此，朱仝之前還為此理由私放二人，豈不更見梁山頭領的虛偽？而「忠厚」如朱仝者難道還要入夥梁山，跟隨這些偽善者，繼續傷害無辜百姓？

顯然《水滸》作者為了凸顯朱仝的忠厚，以如此毒辣之計陷害了朱仝，可是卻未料到反彈的力道竟傷害了整體梁山的形象。這樣的例子，其實在賺取秦明與盧俊義上山入夥之事上亦可看出，前者為了一個秦明，殺害無數百姓並燒毀房舍（第三十四回），後者則導致盧俊義家破人亡（第六十二回），都是重創梁山形象的戲碼。

雖然朱仝上山是遭梁山集團的陷害，可是他在追隨宋江征方臘時，卻還擔任正將，並且全身而退，成為最後受封的二十七員將領之一。後來因任保定府都統制，管軍有功，又攻破大金，一直做到太平軍節度使（一百二十回）。這或許是《水滸》作者特別回應他的厚道吧！

看畫家陳洪綬的圖，顯然亦肯定朱仝忠厚的一面，特以小衙內在其背上玩著搏浪鼓的「父子情深圖」，為《水滸》人物留下少見殺伐之氣的溫馨畫面。

行者武松

申大義　斬嫂頭　啾啾鬼哭鴛鴦樓

十五、武松

看著一位五短身材的胖和尚背著一把劍搖搖擺擺向前走來，誰都不會想到是《水滸傳》裏景陽岡上的打虎英雄武松。顯然畫家在考慮武松形象時做了很大的調整，既不以打虎「英雄」視之，也不以鬥殺西門慶的「復仇者」看待，更遑論血濺鴛鴦樓一口氣殺了十五人的「滅門血案兇手」了。

由陳洪綬避開的這幾個形象可以看出：武松由英雄走向殺手，不唯角色已產生質變，也對整個社會形成的英雄崇拜造成莫大的傷害，於是畫家不得不重新考量並詮釋武松在《水滸傳》裏的重要意義。而「武行者」這個外號，雖是「武十回」（涵蓋武松故事最重要的十回，從二十三回至三十二回）結束後，《水滸》作者才開始使用的，其實具有指標性的意義，因武松最後就是在杭州六和寺出家的。這給了畫家極大的靈感，寧可以一位「身穿皂布直裰，繫著雜色短穗縧，項上掛著一百單八顆人頂骨數珠」的帶髮修行者來描繪武松，也不願昔日的打虎英雄或滅門殺手成為大家茶餘飯後議論的對象。不過細究武松成為「行者」後，所使用的武器並非長劍，而是「兩把雪花鑌鐵打成的戒刀」。畫家若將雙手持戒刀的武松繪出，顯然又再度提醒了大家其殺手形象，不若代以隱藏之劍，更能含蓄地傳達武松恩怨分明的性格。其實這幅「武行者圖」還是讓我們從武松的眉宇間隱隱感受到一股殺氣，畫家雖肯定武松的「行者」外號，但畢竟覺得他穿上僧衣離真正的「行者」還有一大段距離。

到底武松是如何穿上僧衣的？

在「武十回」的前半情節中，武松完成為兄復仇的計畫後，其悲劇典範可謂繼林冲、楊志之後的第三人。在後半情節中，主要發展的是刺配孟州

（河南孟縣南），在獄中結識施恩後的兩段——醉打蔣門神與血濺鴛鴦樓。前者武松以獨門絕學「玉環步，鴛鴦腳」打退蔣門神，為施恩搶回快活林酒店的經營權。後者在張都監處做親隨，遭其構陷為內賊，在刺配恩州（廣東陽江）途中，再遭蔣門神暗算，以押解公人為內應，派出徒弟追殺。結果反遭武松制伏，先取了四人性命，後單槍匹馬至張都監處報仇，一口氣連殺十五人，犯下滔天大罪，這就是有名的「血濺鴛鴦樓」滅門慘案。

很多《水滸》專家據此，評斷武松濫殺無辜，連看門的、丫環、奶媽等不相干的角色都趕盡殺絕，簡直滅絕人性，不可饒恕。其實這個慘案的發生很明顯是要徹底斷了武松的歸路，讓他趕緊落草為寇。可是如此一來，這打虎英雄的名聲也跟著毀了。當然也有人看出武松從打虎英雄走向滅門兇手，其實是有跡可循的，因為能赤手空拳將老虎制伏的人，何愁不會以相同方式對付他人？西門慶在獅子酒樓上當場被武松摔死，已是鴛鴦樓慘案的預告。

鴛鴦樓慘案發生後，武松決心連夜潛逃（若再自首，則永遠也上不了梁山），結果在一古廟巧遇張青、孫二娘夫婦，二人建議武松上二龍山投靠魯智深。經孫二娘細心變裝後，穿上頭陀裝的武松，果真成了個「行者」。連張青、孫二娘夫婦亦脫口而出：「卻不是前生注定！」從此「武行者」就成了武松在《水滸》下半場的代號。

雖然武松穿上僧衣的過程是犧牲了二十人的生命換得的（還包括被孫二娘取了性命的頭陀），若此事有助於武松後來的了悟，未嘗不是好事。只是武松的了悟一直要到征剿方臘，斷了左臂，並親眼目睹智深坐化，他才開悟，決心出家。一百二十回本的《水滸》在呼應前後情節時，智深與武松的結局最讓人滿意，前者頓悟坐化，後者八十善終，雖都殺人無數，卻因幡然覺悟，終成示範性人物。顯然智深與武松的自我救贖比宋江死前拉李逵喝酖酒，避免李逵再造反以示對皇上與國家的忠誠，其境界要高太多。

金眼彪施恩

武松不死　彼燕太子

十六、施恩

施恩外號為何叫「金眼彪」，《水滸》作者完全沒有說明，而且從第七十一回「梁山排坐次」來看，他是屬於地煞星七十二員中之一，在《水滸》中應為配角，可是由於「武松醉打蔣門神」，助其奪回快活林酒店的經營權，因而成為畫家筆下不得不考慮的出場人物。可是到底要如何描繪他的「金眼」呢？顯然在單色印刷的年代只能退而求其次，在「彪」字上求新意，這幅頭戴彪皮帽（姑且視之），拉弓射箭的獵戶，就成了施恩的定型裝了。

其實施恩在《水滸》中不僅從未拉弓射箭，而且「自幼從江湖上師父學得些小鎗棒在身」，最多也只能舞鎗弄棒而已。但這等功夫要在孟州市井經營酒店，必須在保鏢角色上下工夫。果然未等武松發配孟州，施恩的快活林酒店已為另一地方勢力張團練的爪牙蔣門神奪取了。吃了悶虧的施恩不僅被打得兩個月起不了床，還無法找張團練（擁有軍系力量）理論。幸好《水滸》作者及時安排打虎英雄武松至此，施恩喜從天降，待以好酒好菜，籠絡武松。一向路見不平拔刀相助的武松立即著了道，為其賣命演出一場「醉打蔣門神」的戲。

這蔣門神之所以敗在武松拳腳下，非因武藝不如人，乃是掌管酒店後，為「酒色所迷，淘虛了身子」，自然敵不住連吃數十碗酒，功力大增的武松（之前武松打虎亦喝了十八碗酒）。不少《水滸》專家為此特別指出施恩原先經營的酒店實乃龍蛇雜處的黑幫聚集之所，尤其是此酒店還包括賭坊、兌坊（當鋪）、妓院，顯然施恩原先雖為牢營的小主管，卻也涉及許多不法營業。而蔣門神一旦接管酒店，其工作內容恐不止於「門神」，大約所有利益輸送都必須經其驗覈，於是逐日「酒色財氣」，身子焉能不敗？

武松輕而易舉地打倒蔣門神之後，施恩的快活林酒店失而復得，儼然又是另一黑社會勢力的復活。如果《水滸》作者只寫到這兒，武松就要長期蹲在孟州牢營幫施恩看管酒店了。還好後來有「血濺鴛鴦樓」慘案發生，武松必須逃亡，因此很快結束這一段岔出來的故事。

施恩與武松於三十回分手後，直到五十七回投奔二龍山的魯智深、楊志和武松，兩人才又相見。理由是：「因武松殺了張都監一家人口，官司着落他家（施恩家）追捉兇身，以此連夜挈家逃走在江湖上。後來父母俱亡，打聽得武松在二龍山，連夜入夥。」也就是說施恩雖獲武松助其奪回酒店，最後亦因武松殺人而無法於孟州立足，這樣的發展模式是《水滸》中兄弟相交一場的範例。當彼此都無法立足於原點時，雙方必須另投他處，或直接上梁山會合。

看《水滸》作者為施恩與武松演繹出的短短三回的故事（從二十八回至三十回），其實可以做為理解《水滸傳》的寫作模式：就像武松先遭家變，為兄復仇後，刺配孟州；在孟州結交施恩，替施恩火併仇家蔣門神，後遭構陷再度逃亡；而施恩亦因孤立無援被迫遷徙他鄉，二人後來再度相會，終成梁山賊寇。

這樣的情節讓我們看到朋友相交一場的代價其實是雙輸，而且還殃及無辜（死傷無數）。這與《水滸》強調的核心精神「四海之內皆兄弟也」是背道而馳的。照理說「四海之內皆兄弟也」應是一種「民胞物與」的精神，既為結義兄弟，就應推己及人，若僅為私利而結義，最後雙輸的下場不僅不值得同情，反而更應譴責禍及他人。就像施恩與武松建立起的利害關係，造成血濺鴛鴦樓慘案，不僅失去「民胞物與」的精神，也不符「替天行道」的原則。

施恩與武松的兄弟關係凌駕一切，從現代人的眼光來看，就像社會中的不定時炸彈，隨時可能引爆，路人甲或路人乙只有自求多福了。

小李廣花榮

嗟嗟王人　嗟嗟賊臣

十七、花榮

在《水滸》中，宋江殺了閻婆惜後，自己說出有三個去處可投，一是柴進莊上，二是「小李廣」花榮處，三是孔太公家。《水滸》作者果真讓宋江先投靠柴進，在柴進處遇武松，引出「武十回」故事後，等武松逃亡後，兩人又在孔太公莊上相遇，自此武松奔二龍山，宋江則一心一意前往花榮處投靠。而花榮所在的「清風寨」也從此成了是非之地。

到底花榮和宋江關係如何，值得宋江如此信賴？

如果先看一百二十回《水滸》的結局，可知花榮是宋江死時陪祭的三人

（另二人為李逵、吳用）之一，如此「生非同辰，死求同時」的意義非比尋常。再回到三十三回花榮初上場時見宋江下拜道：「自從別了兄長之後，屈指又早五六年矣，常常念想。」顯然與宋江已認識多年，只是中間匆匆一別，卻已五六年，這種關係和其他人僅為「久仰宋江大名」比起來，交情果然深厚許多。

釐清了宋江與花榮的關係後，《水滸》作者馬上讓我們看到宋江自作主張救人的主意反造成花榮的困擾。當宋江告知花榮在清風山曾救了劉高（劉高乃清風寨正知寨，花榮乃副知寨）妻一事時，花榮大吃一驚，認為根本不應該救劉高之妻，因劉高夫婦素行不良，目無法紀，貪圖賄賂，如何能救？這是第一件。

後宋江於元宵節前往清風鎮賞燈，反遭劉高妻指認為與清風山一夥的賊寇，屈打成招後，將自稱「鄆城張三」的宋江押往青州。這是宋江不識大體（明明已是逃犯，還到處現眼）惹出的第二件事。

花榮得報後，立即傳書求告劉高，請其釋放表兄劉丈（指宋江）。劉高自然不買花榮的帳，因「劉丈」與宋江自稱的「鄆城張三」不符，明顯揑造事實，包庇他人。花榮見情況緊急，立即帶人衝入劉府搶回宋江。正副二知寨自此正式決裂。這是宋江累及花榮的第三件事。

當不服氣的劉高再度派人入花榮寨奪人時，有「小李廣」之稱的神箭手花榮立即秀出百步穿楊的本領——拈弓搭箭分別射中左右門神手中的兵器與頭盔上的紅纓，這才嚇退劉高手下圍捕的人。

雖然與劉高交惡，才是花榮投奔梁山的主因，但誰都看得出來始作俑者是宋江。武藝高強如花榮者，既是將門功臣之子，如果僅止於與劉高不和，還不至於造反，偏偏為了救宋江，使得他立場開始扭曲，不得不因兄弟之情而背負勾結清風山強賊的罪名，最後又因宋江等人殺了劉高全家，連帶成為官府緝捕的對象。因此宋江投奔花榮，其實是真正陷兄弟於不義的開始。

看畫家筆下以回首射箭之姿展現花榮百步穿楊之能事，這在三十五回中是有的一個精彩鏡頭——射中雁頭。可惜不知是因木刻版畫年代久遠，或是畫家化繁為簡，少畫了一張「泥金鵲畫細弓」，使得這位「神臂將軍」的威力遜色不少。

花榮因這「神射手」的美譽，雖受宋江集團重用，大小征戰無役不與，且最後亦成為二十七名受封的梁山成員之一，但《水滸》作者在第一百二十回安排他於夢中得知宋江飲酖酒亡，立即前往宋江墳前祭拜，最後竟與吳用自縊殉葬。這樣的結局倒是頗值一談。看花榮一生，幾乎都是為了宋江而犧牲，偏偏最後宋江死時還不放過他，有意托夢給他，目的不言而明。聰明如花榮者，自然不會「苟活」於世，決定以「死求同時」的兄弟之情回報宋江。如此結局，除了讓現代人感嘆花榮的厚道與義氣外，只覺得以宋江城府之深，自己人算不如天算，走到必須喝酖酒這一步，其實是辜負了所有梁山兄弟之情。而花榮之死，不唯不值，也太傻了。難怪陳洪綬要對其一生發出「嗟嗟王人，嗟嗟賊臣」之嘆！

霹靂火秦明

族爾家　烏乎義　忍哉匹夫終不貳

霹靂火秦明　族爾家烏乎義忍哉匹
夫終不貳

十八、秦明

宋江投靠花榮的清風寨時，一共收攬了三個人，花榮、秦明與黃信。而秦明的故事很短，只有第三十四回「霹靂火夜走瓦礫場」，可是秦明被逼上梁山的悲慘卻不亞於後來的朱仝與盧俊義。大陸古典文學研究者周思源先生在其《新解水滸傳》中分析「被逼上梁山」有四種類型：一是黑暗社會所逼（如：林冲、魯智深、武松、楊志），二是自己所逼（智取生辰綱的晁蓋等人），三是意氣相投（官軍將領或江湖人士），四是梁山所逼（如：秦明、朱仝）。而秦明與朱仝、盧俊義之被逼，不同處即在於當時的宋江尚未入梁山

（宋江四十一回才奔梁山），卻已懂得採用激烈的手段阻斷秦明歸路，逼其就範，其心實在叵測。

秦明到底是如何被宋江逼上梁山的？

秦明在三十四回初上場時是這樣的：「性格急躁，聲若雷霆，以此人都呼他做『霹靂火』秦明；祖是軍官出身，使一條狼牙棒，有萬夫不當之勇。」因此在畫家筆下，一根倒立有如刺蝟般的狼牙棒握在秦明手中就是他的標記。那時秦明聽說花榮已和宋江結夥，立即奉命前往清風山剿逆。花榮出戰秦明，告知乃為劉高所陷，並非有意背反朝廷。性格急躁如秦明者，如何肯信？立即舞出狼牙棒與花榮鬥上四五十回合，不分勝負。後來花榮以拖刀計誘出秦明，並回身一箭射下秦明帽盔上的紅纓，秦明不敢再追。入夜後，山上火砲、火箭連續射向秦明陣營，並淹以大水，士兵非死即傷，秦明則被生擒。

花榮親自解了綁縛秦明的繩索後，宋江即告知為劉高拷打冤屈一事，秦明聽畢，表明願返回稟告知府大人前因後果。此時山寨其餘頭領卻力勸秦明乾脆於此間落草，秦明當場拒絕，因「生是大宋人，死為大宋鬼！……如何肯做強人，背反朝廷？」雙方話不投機，秦明次早即離了清風山。下得山來，只見城外數百戶人家已夷為平地，死屍遍野。再到城牆邊叫人開門，知府大人卻已立在城上大罵秦明反賊，竟於昨夜親率賊寇殺人放火，殃及無辜。之後還將秦明妻子斬首示眾。秦明受冤，悲憤莫名，既無退路，只得再返清風山。此時宋江、花榮等人早已迎於路途。這是秦明被逼落草的始末。

雖然秦明後來自己解釋落草的理由有三：一是上界星辰契合，二是對方以禮相待，三是單槍匹馬鬥不過。顯然這三個理由都過於牽強。而《水滸》專家馬幼垣先生看秦明落草，則將其批為「最麻木不仁的梁山人物」。雖然秦明未能看出是宋江陰險，用了嫁禍於人之計，絕其退路，才不得不落草，但在《水滸》作者筆下，說秦明是「一個急性的人」，這樣一個人又如何能冷靜分辨宋江玩的把戲？顯然只有一路被設計了。甚而其妻子死後很快再娶花榮之妹，也是由宋江一手包辦。沒有多久，宋江亦很快收編秦明手下兼徒弟黃信。因此，在《水滸》作者安排下，宋江到清風寨投靠花榮，其實就是一場苦肉計，沒有宋江被捉，也引不出花榮、秦明的背反朝廷；沒有秦明被設計這一段，也顯不出後來宋江誘朱仝、盧俊義上梁山的手段是歹毒的更上層樓。

秦明被逼上梁山的模式可視為《水滸》作者欲藉宋江快速收編兄弟的過程的不合理，而秦明之死（在一百一十八回與二十三位梁山兄弟一起陣亡），亦可視為《水滸》因情節需要不得不迅速犧牲二十四條人命的荒唐結局。這也是一百二十回本最受爭議的部分之一。

混江龍李俊

居海濱　有民人

十九、李俊

李俊外號「混江龍」，在《水滸傳》中有三段情節直接以他為名。一是三十六回「揭陽嶺宋江逢李俊」（揭陽嶺乃指潯陽江），二是九十九回「混江龍水灌太原城」，三是一百一十三回「混江龍太湖小結義」。由此三段可知李俊專門出沒於江湖之上，真可謂靠水吃水的「混江龍」了。畫家以一介漁夫描繪他，其實別有用意。雖是斜紋頭巾落腮鬍，腳趿涼鞋挎釣竿，還是頗具現代感。當然最惹人注目的就是那件與頭巾同紋路的短袖罩衫，因木刻清晰，特別顯出蓆紋的美感，再加上人物表情與手勢的親和力，比起《水滸》

中另一漁夫「活閻羅」阮小七提著人頭圖，明顯傳達了李俊的灑脫自然。

李俊除了是漁夫，難道就沒有其他的角色了嗎？

宋江在清風寨收攬了花榮、秦明、黃信後，原準備上梁山，後接到其弟宋清的信，謊稱宋太公已歿，宋江只得返家奔喪，結果是宋太公不願宋江入夥的緩兵之計。宋江只有選擇接受刺配江州（江西德化）。路途中，在揭陽嶺酒店為李立麻翻，正準備剝皮做人肉賣時，為李俊所救（李立與李俊一向熟識）。而李俊第一次上場對宋江自我介紹時，曾自稱「艄公」（船夫）。（三十六回）

李俊與宋江結為兄弟後，宋江因給薛永賞錢五兩，得罪地方無賴穆氏兄弟，穆氏兄弟追殺至潯陽江邊，宋江不幸搭上張橫的賊船，正欲跳船時，又巧遇李俊經過，及時救了宋江一命（張橫與李俊亦為熟識）。而李俊第二次上場時的角色卻是走私賣鹽的。（三十七回）

宋江至江州服刑後，因在潯陽江酒樓題反詩遭問斬，眾多兄弟拼死於法場相救，李俊亦率領李立前往搭救。一夥人救出宋江後，在四十一回全上了梁山。而晁蓋於六十回一死，梁山就重新排座次，李俊很快成為水軍頭領第一位，擺脫了「艄公」與「私鹽」的角色。這水軍頭領的角色也讓他在七十回以後演出最具代表性的兩個情節「水淹太原城」與「太湖小結義」。

前者是河北田虎作亂，盧俊義率兵攻打太原，因天雨連綿，攻勢受阻，李俊建議以決堤灌浸之法水淹太原，果然城中士兵成了甕中魚鱉，盧俊義大獲全勝。這是李俊引用春秋時代智伯築堤水淹晉陽（太原）的故事，顯然已有《三國演義》中關羽水淹于禁七軍的架式。後者則是打方臘時，宋江見蘇州牆垣堅不可破，城外又有水港環繞，派李俊等人前往太湖打探，欲以四面夾攻之計破蘇州城。李俊與童威、童猛兄弟在太湖卻為費保等四個綠林強人拿住，原本以為性命將了結於此，結果四個強人見其甘願受死，敬佩李俊義氣，七人遂結為兄弟。後費保建議李俊偽裝方臘軍混入城內，以裏應外合之計，讓宋家軍拿下了蘇州。

宋江成功剿滅方臘後，李俊不願隨宋江赴京受封，謊稱中風，與童威、童猛回到太湖，找到費保等四人乘船出海，後來當了暹羅國的國王

（一百一十九回）。這實在是個浪漫的結局。

看李俊從最初一個「混江龍」（艄公、私販）變成暹羅國的國王，可以說是《水滸傳》中最令人刮目相看的角色，也是越寫越好（自我提升）的角色。尤其是在太湖與費保等四人結義後，聽進了費保所勸：「世事有成必有敗，為人有興必有衰，……自古道：『太平本是將軍定，不許將軍見太平。』……，何不趁此氣數未盡之時，尋個了身達命之處，……以終天年，豈不美哉！」（一百一十四回）果然這幾句話對李俊有著莫大的影響，終於在平定方臘報答宋江恩義後，退出江湖，成了化外之民。

李俊的故事後來還被陳忱寫成了《水滸後傳》，而且京劇中「打漁殺家」的故事亦暗指李俊隱居於太湖，張恨水先生據此認為「李俊之人品實已勝過諸水路頭領」，連「善讀《水滸》如金聖嘆亦未及知」也，由此可知畫家陳洪綬以「自得其樂」的漁夫描繪李俊，果真別有深意啊。

沒遮攔穆弘

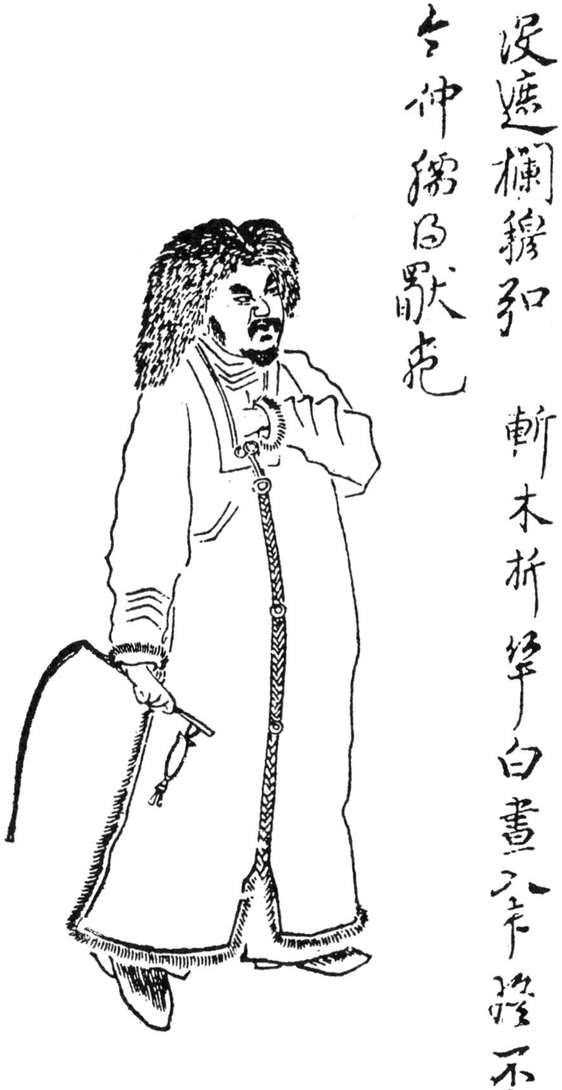

斬木折竿　白晝入市　終不令仲孺得獨死

二十、穆弘

穆弘、穆春是宋江刺配江州時，在揭陽嶺所遇的兩個惡霸兄弟。事實上，揭陽嶺還有另二霸，就是李立、李俊（宋江曾在李立酒店為其麻翻，後為李俊所救，二人非兄弟），以及張橫、張順兄弟（雖為船夫兼魚販，其實走私、搶劫，樣樣來）。《水滸》作者安排宋江前往江州服刑，目的就是收攬這批兄弟上山。

往江州之路，得先過嶺，再渡江，於是從揭陽嶺、揭陽鎮到潯陽江，就成了三道關卡。宋江首先在揭陽嶺酒店就被李立麻倒，幸為李俊所救，雙方認做兄弟，算是度過了第一關。這揭陽鎮第二關則是由穆弘、穆春兄弟把持。

先看畫家筆下執著鞭子上場的穆弘，左手揣在懷裏掏摸東西（若是現代人，第一個反應就是槍隻），頭上頂著毛皮帽（可想像成一頭紅假髮），身著一件皮袍（滾邊鑲毛，通身氣派），即使不是獵戶，也像富戶，不過面目表情卻像鏢局老大。其實穆弘很晚才上場，三十七回雖是以他為主角——「沒遮攔（穆弘外號）追趕及時雨」，但真正和宋江有過節的是他弟弟穆春。

那時宋江在揭陽鎮賞了耍鎗棒兼賣狗皮膏藥的薛永五兩銀子，結果得罪了地頭蛇穆春（薛永未按規定先繳保護費），穆春想先教訓外來又不上道的宋江，卻被薛永從背後出手攧翻在地，一腳踢開。結下梁子後，穆春回頭找幫手，宋江和薛永因一路買不到酒肉吃，只好離了鎮上，互相道別。後宋江投宿於一所莊院，俟穆春返，才知乃穆家莊院，遂連夜逃至潯陽江邊。這就是宋江和穆春有過節的一段。

而《水滸》作者既然安排宋江逃至江邊，穆弘才與弟弟穆春追至，是否有意藉「沒遮攔」（無人能擋）穆弘上場來鎮懾住宋江，使其過不了第二關呢？

先看小說中的穆弘，「面似銀盆身似玉，頭圓眼細眉單，威風凜凜逼人寒」，這「身似玉」、「逼人寒」雖指意境，其實是虛有其表。那麼他的武藝又如何？所謂「武藝高強心膽大，陣前不肯空還，攻城野戰奪旗旛」這三句，也不過是個衝鋒陷陣的能手。顯然是將穆弘「沒遮攔」的外號誇大了。而畫家既看出這「無人能擋」的本事係情節誇示，乾脆還原他「穆家莊主大兒子」的身分，於是一個看起來「威風凜凜」的富家子弟就這麼定型了。

可惜的是，穆弘與穆春追至潯陽江邊後，宋江立即跳上張橫的船，很快結束他在揭陽鎮的第二道關卡的演出，原本讓大家期待半天的「沒遮攔追趕及時雨」應有一場熱鬧戲好看，結果卻虎頭蛇尾地收場了，讓人大失所望。

嚴格看起來，宋江在揭陽鎮所遇到的穆氏兄弟，其功夫虛有其表不說，後來在四十一回跟隨宋江上了梁山後，穆弘的座次竟然僅次於「混江龍」李俊，明顯是受抬舉了。再從穆弘後來擔任的步軍頭領（吳用取大名府時）與馬軍頭領（征田虎時）來看，這與塑造阮氏三兄弟和李俊、李立、張橫、張順、童威、童猛僅為水軍頭領的嚴謹寫法相比，明顯說服力不夠。穆弘兄弟雖出身揭陽鎮富戶，其實很多人一開始是將他們歸在「混江龍」李俊那一夥的，最起碼水上功夫要了得才行。可惜後來的劇本並不按照這個方向去寫，於是就出現穆氏兄弟又當步軍又當馬軍的尷尬角色。

無論如何，看最後穆弘在剿方臘時，因感染瘟疫，留在杭州病故，這給人還是一場空的感覺。雖然當初他們兄弟燒了自己的莊院，帶著金銀珠寶投靠梁山，僅為一個「義」字，可是最後證明只是一條不歸路，反不如當初留在鄉里還能過一段逍遙快活的日子。上梁山所為何來？是反朝廷？還是反貪官？以穆弘兄弟魚肉鄉里的行徑，本身就是社會問題了，連這樣的人都要造反，一般百姓更是求助無門了。大陸周思源先生在其《新解水滸傳》中對此情況說得好：「《水滸》深刻揭示了北宋滅亡的必然性。」想來每一朝代的文學作品多少都傳遞了這種「國之將亡，必有妖孽」的警訊。

浪裏白跳張順
生潯陽 死錢塘

二十一、張順

「浪裏白條」張順在《水滸傳》中是受人喜愛的角色。他之受人歡迎，與林冲、楊志、魯智深、武松受迫害引人同情的喜愛有別。先看《水滸》中有八個回目是以他為主角，可知受作者重視程度不亞於林冲等人。不過這八回中，寫得最精彩的應是「黑旋風鬥浪裏白條」（三十八回）與「浪裏白條水上報冤」（六十五回），最感人的則是「湧金門張順歸神」（一百一十四回）。

看畫家筆下的張順，頭戴紗帽、身披紗衣，腳踏便鞋、手執短棍，側身轉向一旁，豎起左手拇指，似乎正以勝利者之姿向人炫耀。其中衣袂裙裾的方折筆觸與短棍下垂的圓潤環扣形成有趣對比，既能表達張順整體有力的美感，也呼應死後成為西湖水神的「張順菩薩」。此圖應是陳洪綬給予張順極高的評價。

到底張順是如何變成神的？

張順與其兄張橫是宋江刺配江州時，路過揭陽嶺所遇的三霸之一（另二霸為李立、李俊與穆弘、穆春）。當時宋江為避穆氏兄弟追殺，跳上了張橫的船，由張橫口中帶出張順外號的由來——「渾身雪練也似一身白肉，沒得四五十里水面，水底下伏得七日七夜，水裏行一似一根白條，更兼一身好武藝，因此，人起他一個諢名，喚做『浪裏白條』張順。」（三十七回）由此觀之，張順既有潛伏水底七晝夜的本領，顯然是一個靠水吃飯的人。果然張橫每次擺渡，均由弟弟張順假扮船客，行到江心，先討船錢，並加倍要價，若不服，將其弟假拋水中，以此訛詐其他船客，屢試不爽。這就是張順出場前專幹的勾當。

之後宋江在李俊保護下，通過了張橫這第三霸的「賊船」之關，隨即受託帶信給正在江州販魚的張順。到了江州，宋江與戴宗（神行太保）於酒樓吃酒，李逵前往江邊為宋江買鮮魚，卻因魚販子不敢賣，和張順（已是壟斷魚貨的「漁牙主人」）大打出手。這一段就是有名的「黑旋風鬥浪裏白條」。兩人由船上打至江裏的戲，可謂經典之作。

和宋江、李逵相識後，張順很快入了梁山，之前亦表演了拿手的「水底活捉黃文炳」的戲碼，算是替宋江報了黃文炳誣陷潯陽樓題反詩之仇。接著吳用計邀盧俊義上山，張順再度使出水底功夫，救了盧俊義，幫了吳用「笑裏藏刀」之計一個大忙。後宋江生病，為請神醫安道全來探視，張順於途中遭搶，被棄水中，幸有洑水本事，逃過一劫。後在仗義的王定六協助下，以牙還牙報了被棄水中之仇。此即有名的「浪裏白條水上報冤」。當然以張順的水底功夫，還曾鑿漏了高俅的海鰍船，並以甕中捉鱉的手法，活捉了高俅，立了大功（八十回）。

雖然在一百二十回的《水滸》中，張順繼續參與破遼、征田虎、剿王慶之役，但基本上已不甚精彩，只有在剿方臘一役中，他的表現才又讓人眼睛一亮。由於方臘軍堅守杭州城不出，張順遂決定從湖中潛水至城內，以放火為號，讓宋家軍順利進兵。當時雖遭李俊反對，但張順卻認為：「便把這命報答先鋒哥哥（宋江）許多年好情分，也不多了。」後果然於湧金門外為敵軍亂箭所射。死雖死矣，《水滸》作者竟安排了他的鬼魂來向宋江辭別，並附身於哥哥張橫身上，殺了杭州守城方天定，復了仇。最後宋江於湧金門外的西湖邊，為其立下「金華太保」的廟宇，返京後，又經聖旨敕封為「金華將軍」。這是張順最後之所以成為西湖水神的過程。（一百一十六回）

看張順由渡船搶劫而販魚壟斷，再由入夥梁山為宋江賣命而成水神，照理說應是越寫越好的角色，可是如果僅因他單槍匹馬地犧牲而肯定他對宋江的義氣，將其視為神，那其他兄弟一夥一夥地犧牲，難道就不可貴了嗎？顯然張順之死已被神化，而且在《水滸》成書的過程中，因民間材料的不斷添加，竟使張順坐上西湖水神之位，由此可知中國古典文學受民間信仰的影響有多深。

註：浪裏白跳的「跳」字據金聖嘆七十回本已修正為「條」字。大陸水滸專家揚子華先生亦據杭州方言，考證「白跳」乃「白條」之誤。（《水滸文化新解》）

神行太保戴宗

南走胡　北走越

二十二、戴宗

戴宗因日行八百里，外號「神行太保」，給人一種「箭」步如飛之感，顯然是充滿浪漫幻想的。到底戴宗是如何辦到的？先看看畫家筆下所繪，戴宗右腿伸出，露出極為特殊的綁腿花紋，這就是玄機所在。按《水滸》多次描繪，戴宗有一等道術，每回出差飛報傳書，必以「甲馬」拴於腿上，如此這般，總能日行五百里（兩個甲馬）或八百里（四個甲馬）。而這「甲馬」到底是什麼？說穿了，不過是符紙，因有神佛加持，再加上戴宗道高一尺，就成了他獨門秘方的飛毛腿了。而陳洪綬筆下的戴宗還多了頂瓜皮小帽，手中杵著環棍，想像著他身輕如燕的模樣，偶爾還傳來神秘的鈴鐺聲……。

在《水滸》中，描述戴宗神行法的故事有兩回，一是「梁山泊戴宗傳假信」（三十九回），一是「戴宗智取公孫勝」（五十三回）。前者是戴宗單獨行動，帶著蔡九知府的信前往京師，中途為梁山兄弟所劫，戴宗則告知吳用宋江情況危急，吳用決以假信賺取蔡九將宋江押至東京，再予以攔救，無奈此信為黃文炳識破，戴宗也因此身陷囹圄，被逼上梁山。後者是戴宗與李逵敦請公孫勝返梁山，路上因李逵偷吃酒肉，違反神行法不許吃葷的禁忌，遭戴宗綁上四個甲馬，跑了一天，也餓了一天的笑話。

由三十九回發展到五十三回，可以看出戴宗的神行法還可攜伴同行，而且為了趕路，同伴的甲馬亦可由兩個添至四個，顯然這後續的情節不僅有點搞笑，主角也由戴宗轉向李逵了。因此細究起來，真正以戴宗神行法為表現的回目，其實只有第三十九回。

若回頭再看三十九回，戴宗與宋江的初相識，也並沒有讓戴宗的人格加分。那時宋江初到江州牢營，戴宗即進行索賄，宋江因說出吳用名字，才免去一百殺威棒。以此觀之，若將初上場有著「無賴行徑」的戴宗與具神行法「通天本領」的戴宗相較，顯然前者讓我們看到北宋牢獄的黑暗面，除了索賄嚴重外，還有循私勾結濫施刑罰的問題。從戴宗索賄的嘴臉可以想到官府中形形色色索賄的嘴臉，這樣的一幕顯然是《水滸》作者塑造戴宗初上場一個始料未及的瑕疵。不過從另外一個角度來看，反而讓我們發現以戴宗這樣的人格特質，會上梁山其實是不足為奇的。

至於上梁山後的戴宗，他的神行法又施展得如何？

第四十四回，他負責尋訪公孫勝未遇；第五十回，返梁山通知蕭讓、金大堅等四人下山；第五十二回，往柴進府打聽得柴進下獄；第五十三回，再次尋公孫勝，使其返梁山；第七十一回，梁山排座次，成為總探聲息頭領；第八十一回，與燕青見宿太尉，救出二人質樂和、蕭讓；第九十一回，有妖術的馬靈傳授戴宗日行千里之法；第一百一十九回，征方臘後受封為兗州府都統制；第一百二十回，在泰安州嶽廟出家，後大笑而終。

顯然是不甚了了，只能通風報信罷了。最後《水滸》作者還安排他從多次征戰中全身而退，而且善終，這不得不讓人想到是否因有神行法的本事，可以跑得快，而躲得過許多災難。

張恨水先生對戴宗的評價或許有助於理解《水滸》作者為何創造了這樣一個特異功能的人：「神行太保戴宗，庸材也，亦陋人也。既庸且陋，乃於水泊中得膺天罡之選，則不過以其有神行術之一技而已。此一技之長，宋江吳用，以至其餘一百零五人，何以如此尊重之？是則於水滸每有所舉動，必須戴宗往來奔走，有以知其然。」而且「神行之術，其理不可通，戴根本不能有此技。」如此解讀，顯然戴宗的神行法不過是《水滸》作者充滿想像的寫法，但常看武俠小說堅信世上有此術的讀者恐怕要大失所望持反對意見了！

黑旋風李逵

黑旋風李逵

殺四虎奚足聞悔不殺封使君

殺四虎　奚足聞　悔不殺　封使君

二十三、李逵

在《水滸傳》中，以「黑旋風」李逵作為回目的故事有十一回，而且多集中在八十回之前，由此可知他是《水滸》作者精心安排的要角之一。和前面的魯十回、武十回相較，雖然並非回回相扣，故事緊湊，可是因為他的出現，卻是最能襯托宋江面目的人。

宋江因殺閻婆惜，刺配江州，經由戴宗（牢營中管犯人的節級），認識了好賭吃酒的李逵（在家鄉打死了人，逃至江州，在戴宗手下當差）。二人初識，李逵就跟宋江借十兩銀子去賭，賭輸了還耍賴，搶了別人的銀子才走。後來聽說宋江想吃鮮魚，遂到江邊向魚販要，結果和「浪裏白條」張順由江上打至江裏。不打不相識後，眾人再至酒樓相聚，結果李逵因不滿賣唱女的歌聲干擾，竟以兩根手指頭將該女擊昏。這是李逵在三十八回初上場所發生的三件事，而此三件事後來都由宋江擺平。

雖然《水滸》作者是以「天性由來太惡麤，江州人號李兇徒」來形容李逵的人格特質，可是非常有趣又弔詭的是：通過這樣一個粗暴的人，卻讓我們看到背後那隻使他更加快速沉淪的手。

下面即為李逵追隨宋江後所發生的事。

為救宋江，劫法場，濫殺無辜，血流成河（四十回）；殺黃文炳，割其肉下酒（四十一回）；為救宋江，將捕頭趙能砍成兩半（四十二回）；見宋江老父上山，亦返鄉取老母，老母為虎所吃，李逵殺四虎，並有三十名無辜者被掤死（四十三回）；宋江三打祝家莊，李逵殺祝龍、祝彪，以及扈太公全家老小（五十回）；逼朱仝入夥，將四歲小衙內劈死（五十一回）；為了柴進，殺死殷天錫（五十二回）；為請公孫勝返，斧劈羅真人及其道童，幸而仙人未死（五十三回）；吳用智取大名府時，李逵誤殺欲投梁山的強人韓伯龍（六十七回）；元夜東京看燈，放火行兇（七十二回）；於四柳村將狄太公女兒及奸夫剁成十來段（七十三回）；觀看相撲，以石板打死兩屆冠軍高手任原（七十四回）。

這是李逵入梁山後的所作所為，還不包括招安後（八十二回）的幾場戰役，顯然已由昔日好賭吃酒的無賴漢（偶爾與人口角動刀行兇），變身為殺人不眨眼的強盜賊寇。這難道不是梁山所賜，宋江所賜？

可是這樣一個角色，在畫家筆下卻僅以線條對比的藝術手法去詮釋他，比起之前提著人頭上場的「活閻羅」阮小七要好太多，這到底是怎麼一回事？

據余大平先生所著《解讀水滸傳》一書中所言：「元人『水滸』雜劇中的李逵形象，和後來的《水滸傳》中的李逵有很大的不同。雜劇中的李逵雖然莽撞，但從不亂殺人。」顯然李逵是由元到明的《水滸傳》成書年代逐漸失去了他的耿直善良與見義勇為，而多出了後加的凶狠殘暴的嗜殺性格。

再以陳洪綬《水滸葉子》繪於明熹宗天啟年間（一六二五）看來，當時《水滸傳》中的李逵應已成為惡性重大的梁山賊寇，可是畫家不願如此去描繪，反以自己的畫筆還原了李逵在雜劇中的正面形象，這再一次讓我們看到陳洪綬的厚道之處。儘管畫中拿掉了李逵手中的兩個招牌板斧，換上了一根帶刺的棍棒，腰上挎著朴刀，頭戴瓜皮小帽，滿臉橫紋、留著髭鬚、怒睜圓眼，李逵個人的獨特氣質還是出來了。

雖然李逵從元到明形象有著如此大的落差，但最後他為了報答宋江，毫不考慮地喝下毒酒，與宋江同死，更顯他的人格可貴。相對地，宋江死前將李逵招來，只怕他將來造反，壞了梁山忠義之名，如此行徑，反令人可鄙。這也讓我們看出李逵形象越寫越壞的理由，除了過於依附宋江外，甘心為宋江所用才是主因。而《水滸》作者以十一個回目之多欲凸顯李逵形象之苦心，反倒讓現代人看出宋江之惡，幸好畫家手下留情，要不然以李逵之惡，豈不比提著人頭上場的阮小七要壞上數倍？形象也就更令人毛骨悚然了。

聖手書生蕭讓

用兵如神　筆舌殺人

二十四、蕭讓

嚴格說起來，「聖手書生」蕭讓的戲只有三十九回與四十回，這還是未上梁山前的事。至於上梁山後，除了掌管文書、論功行賞外，大小戰役他是沒份兒的。可是在招安後，《水滸》作者居然很大膽地讓他在剿王慶之役時隨軍出征，並獻出空城計，使得賊兵大敗。這場戲，雖仿自《三國》，卻顯得東施效顰，反不如「假信」風波劇情緊湊精彩。

「假信」風波指的就是第三十九回「梁山泊戴宗傳假信」。戴宗雖負責跑腿送信，但信卻是由兩位高手假造出來的。一是可仿諸家字體的秀才蕭讓，二是擅刻玉石印記的「玉臂匠」金大堅。那時宋江題反詩的事為黃文炳所告，蔡九知府使戴宗前往京師通風報信，信為梁山所獲，吳用遂將計就計，請出蕭讓、金大堅仿蔡京筆跡與圖章，由戴宗攜回假信一封，模擬蔡京口吻要其子蔡九將宋江押往京師聽候發落，梁山好漢則便於途中將宋江搶回。

可惜此計出了破綻，錯處是在印章上。原來吳用請金大堅刻的章子是「玉筯篆」的「翰林蔡京」四字，而當時蔡京已榮升丞相，如何可能再回頭使用這舊章子？此其一。其二是以當時蔡京之尊，不可能沿用「翰林」之官諱或「蔡京」之名諱與親人往還書信。而偏偏這兩點都為蔡九身邊的黃文炳識破，戴宗傳的假信很快使其被安上暗通梁山賊寇的罪名，即刻與宋江同赴法場處斬。當然後來的情節就是有名的「梁山泊好漢劫法場」了。

雖然《水滸》作者安排讓吳用想出假信之計，也讓吳用自己事後發現謬誤，可惜已來不及修正。現代人看《水滸》作者所提出的造假手法，似乎亦有瑕疵之處。台灣書法印石前輩蔡孟宸先生曾於《書法教育》月刊（九十七年四月號，一三二期）發表對「施耐庵的印學知識」的看法（蔡先生假設《水滸》作者為施耐庵）。文中提出：「宋代官印文字以『九疊篆』為主，線條矯繞，盤根錯節宛若紙上迷宮；小說中『翰林蔡京』卻由金大堅以『玉筯篆』仿刻而成，豈不謬誤？」首先這「九疊篆」與「玉筯篆」就有極大的不同，前者彎彎曲曲，後者則如一根筷子，若「翰林蔡京」為官印，就應以「九疊篆」刊刻，若為私人圖章，就應以「玉筯篆」入印。但「翰林」既為官職，「蔡京」又為名諱，顯然是自相矛盾之處。後蔡孟宸先生亦強調：以「官職」與「名諱」同時入印者是殊無根據的。也就是說如果「翰林蔡京」能以「魯國公蔡京」之私人稱號入印，則「玉筯篆」體就沒問題了。

顯然這《水滸》外一章又比《水滸》內一章更精彩有趣了。

細究這則假信風波，與蕭讓的筆跡其實無關，主要是金大堅仿造的刻印出了問題，但畫家卻寧以蕭讓為主角，這和金大堅後來在《水滸》中並無突出表現是有關係的。看蕭讓手捧卷宗，面對自己的筆跡所顯露的得意之色，細心的陳洪綬不僅抓住其神韻，傳達了「假信」風波的主軸，也於其腰間置一佩劍，顯示這位「會使鎗弄棒，舞劍輪刀」的聖手書生有文武全才之資。

不過蕭讓後來的結局很奇怪，居然是在剿方臘前為蔡京索去（一百一十回），成了太師府的幕僚。宋江儘管鬱鬱不樂，卻也莫可奈何。不知《水滸》作者如此安排蕭讓回到原點（從仿蔡京筆跡起家，再回到蔡京處為其效力），是否有特殊涵意？倒是張恨水先生看出蕭讓與金大堅（後同為皇上效力）二人既有「一藝之長，足餬其口」，卻「託跡於盜」，「此等書生，但知逢迎權豪，以圖富貴，本不足以與之言氣節。然趙宋晚年，方講理學，作《水滸》者，其有所譏也夫！」應是一針見血之論。觀歷代以仿造為能事之讀書人，似乎亦逃不過張恨水先生之所譏也！

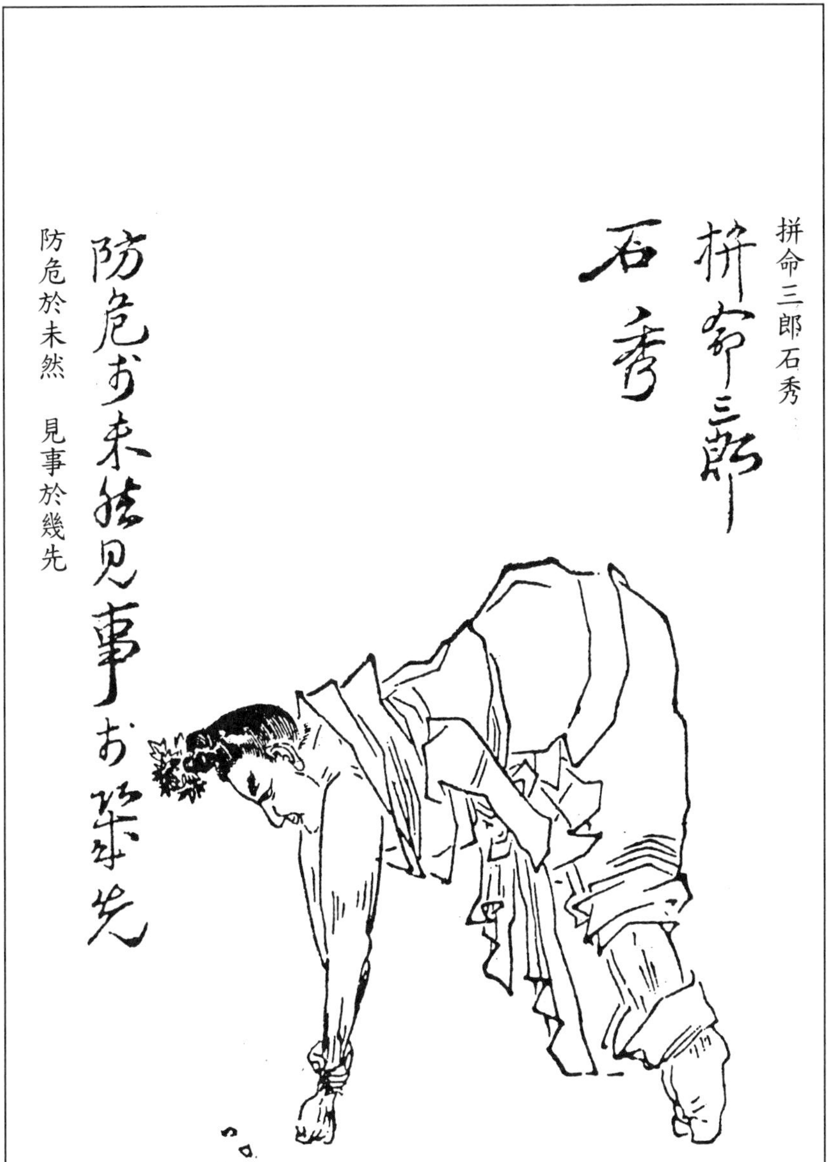
拼命三郎石秀
拼命三郎
石秀
防危於未然　見事於幾先
防危於未然見事於幾先

二十五、石秀

在《水滸傳》中，石秀和楊雄是一塊兒上場的，可是細究陳洪綬所繪的《水滸葉子》四十人圖，竟沒有楊雄，這很讓人納悶：為何「楊雄殺妻」事件卻要以石秀為主角？

石秀外號「拼命三郎」，在四十四回上場時確實是一位「路見不平捨命相護」的壯士，幫楊雄擺平了幾個地痞流氓的勒索。二人結為兄弟後，石秀就在楊雄的丈人所經營之屠宰坊幫忙。不久，石秀發覺楊雄妻潘巧雲與和尚裴如海有染，除告知楊雄外，並攛掇其「似這等淫婦，要他何用？」可惜大怒下的楊雄酒後質問潘巧雲，潘則辯稱乃石秀先對其輕薄，才栽贓她跟和尚有染。百口莫辯的石秀，決心用行動來證明自己的清白。先查出潘巧雲與和尚暗通款曲是以敲木魚為號，遂一刀殺了替和尚穿針引線的頭陀，再假扮頭陀敲木魚引出和尚，三四刀便將其搠死了。之後藉燒香為名，由楊雄引潘巧雲至山上，與石秀對質。潘巧雲見了和尚衣物，無言以對，楊雄遂殺妻洩憤。至此，石秀與楊雄均成殺人兇手，只得奔梁山了。

此雖為楊雄殺妻事件始末，但可以看出幕後真正主導者是石秀，根本不是連狀況都搞不清楚的楊雄，難怪畫家要以石秀為描繪對象。而《水滸》中又是如何描繪這個「拼命三郎」的？「身似山中猛虎，性如火上澆油。心雄膽大有機謀，到處逢人搭救。全仗一條桿棒，只憑兩個拳頭。」（四十四回）若以前二句來看石秀的性格，遲早是要出事的；中間二句卻忽然說他有機謀，是個拔刀相助之人；末兩句則是指他的武器只有桿棒與拳頭，這桿棒可以想像是他賣柴所挑的扁擔，而拳頭顯然是指石秀的拳腳功夫。

看畫家將石秀以九十度彎腰弓身之姿，單手觸地，腳跟騰空，膀臂小腿裸露，髮髻簪花，瞪視前方排列整齊的幾粒碎石，似乎正在鍛練某項獨門絕活。這樣一個畫面反讓我們聯想到《水滸》中的相撲好手「浪子」燕青。不過在畫家的眼中，恐怕這樣才像石秀「拼命三郎」的狠角色。

可惜石秀上梁山後，不再發狠，只能與時遷擔任探子任務，有時亦或放火為號。在最後方臘一役中，曾與水軍頭領阮小七、李俊等人共同作戰，死於一百一十八回，與史進等六人同為方臘的神箭手龐萬春射死，很快結束短暫的一生。

因此，石秀的故事基本上還是以未上梁山前的四十四回、四十五回與四十六回為最精彩，大約很多《水滸》專家亦據此三回作出對石秀的評價：「好打抱不平」與「好管閒事」。如果石秀遇楊雄，僅止於為其「打抱不平」（打退地痞流氓），那麼石秀個人的評價還是受肯定的。偏偏《水滸》作者又繼續安排石秀獲邀住進楊府，於是這「好打抱不平」的個性開始轉向「好管閒事」。不僅幫楊雄殺了無冤無仇的和尚與頭陀兩人，也使得楊雄不堪綠帽之辱，連殺了自己的妻子與無辜的丫環兩人。顯然這場家庭悲劇即肇因於石秀生性的「好打抱不平」，而《水滸》作者亦未料到這一路寫下來的結果，反讓石秀成了個「好管閒事」之輩。這「好管閒事」者終於一路主導楊雄的命運，使其成為殺妻洩憤的兇手。

現代人看石秀與楊雄的結義，以至於形成命運共同體，再由梁山兄弟，形成更大的命運共同體，嚴重影響彼此一生甚至死亡，這不得不讓我們再次向《水滸》作者的苦心孤詣致敬——表面雖誇示梁山聚義，其實暗諷兄弟結義下場之不堪。如此寶貴之經典文學，實可做為青少年交友之借鏡。

鼓上皁時遷

生吝施與　死而厚葬　爾乃取之　速朽之言良不妄

二十六、時遷

「鼓上蚤」時遷是個梁上君子。在四十六回剛上場時，正巧目睹楊雄和石秀殺了潘巧雲與丫環一案，於是大喊道：「清平世界，蕩蕩乾坤，把人割了，卻去投奔梁山泊入夥。我聽得多時了。」言下之意頗有路見不平之感。可是當他一旦發覺殺人者乃是救過他的楊雄時，立即倒頭便拜，不再為死者仗義執言，一切唯兄弟之情至上。這樣的時遷即使不因「梁上君子」之名為梁山收編，也終因「兄弟性格」而獲梁山青睞。

至於時遷的外號為何叫「鼓上蚤」？是否即為「鼓上的跳蚤」？據大

陸兩位《水滸》專家研究，「鼓」與「蚤」的解釋是這樣：楊子華先生引用《周禮》鄭玄注，指「鼓」乃「夜戒守鼓」也，即軍旅夜晚擊鼓以防盜賊之意（《水滸文化新解》）；吳越先生則說「蚤」字不作「跳蚤」解，原字為「皁」，意指鼓邊緣的小銅釘，容易鑽入，暗喻時遷無縫不入的竊盜本領（《吳越評水滸》）。

看來吳越先生的解釋最符合時遷飛簷走壁的絕活，只是「皁」字作「鼓邊小銅釘」解，不知係出自何處。因按《國語活用辭典》，「皁」通「皂」字，二字皆為「草」之俗字，均表橡實，亦有染黑之意，而今「皂」字亦做肥皂之皂。不過《說文解字》中卻另有一「皀」（音必）字，作「穀物馨香」解。顯然都和吳越先生之解無關。

無論如何，上梁山後的時遷還是不辱吳越先生對「鼓上蚤」封號的解釋，果然多次「穿墻遶屋」「飛簷走壁」。其中以五十六回的「吳用使時遷盜甲」與六十六回的「時遷火燒翠雲樓」最具代表性。

前者宋江為破呼延灼的連環馬，特別派時遷前往徐寧家，盜取置於梁上的傳家寶「雁翎砌就圈金甲」，徐寧為追查寶貝下落，跟著時遷上了梁山，宋江此時再央求徐寧指導宋家軍，以鈎鐮鎗法破了連環馬陣。後者則是為搭救身陷北京大名府的盧俊義與石秀，吳用派出時遷，潛入城中翠雲樓，放火為號，以裏應外合之計救出了二人。

看時遷如此受重用的兩場好戲，卻完全不受畫家青睞，這讓我們很納悶：到底畫家是如何看待時遷這個人？只見畫面中出現一個弓著身小心翼翼抱著雞出場的人，任誰看了都會露出會心的一笑。這是「時遷偷雞圖」嘛！原來陳洪綬畫的是時遷初上場的宵小角色。

依《水滸》所述，時遷初上場時是一個「骨軟身軀健，眉濃眼目鮮。形容如怪族，行步似飛仙。夜靜穿墻過，更深遶屋懸」的竊盜高手，而且巧遇楊雄時，還告訴他「小人近日沒甚道路，在這山裏掘些古墳，覓兩分東西」。顯然這樣一名慣竊，很快讓畫家有了靈感，乾脆就以「時遷偷雞」為主題，將他巧遇楊雄、石秀後，三人投梁山前，於一家酒店住宿，偷雞吃的行徑繪出。

難能可貴的是，這幅「偷雞圖」不受年代久遠影響，線條清晰有力。看時遷頭戴橫紋花帽，身著縱紋素衫，與繁複圓點羽飾的家禽成強烈對比，其細膩程度堪稱陳氏白描構圖之一例。

此外，畫家手下還留了情，幽默地將時遷手中的公雞化作了一隻美麗的鳳凰，似乎對時遷吃雞提出了抗議：如果連這麼美麗的報曉雞都要吃，豈不像過街老鼠人人喊打？

事隔四百年再看陳洪綬的圖，對時遷的評價不言而喻。時遷最後死於一百一十九回，因患攪腸痧（中醫指係霍亂、中暑、盲腸炎等急性病症）而亡，這再次證明：以己之長為梁山效力終究是一場空。

撲天鵰李應
撲天鵰李應
牽牛歸里金生粟死
牽牛歸里　金生粟死

二十七、李應

「撲天鵰」李應在《水滸》中的戲分不多，主要集中在四十七回、四十八回與五十回，而這三回的故事只有一個主題：宋江三打祝家莊。

那時時遷、石秀、楊雄三人偷吃了祝家酒店的報曉雞，放火燒了酒店後，逃之夭夭。時遷不巧於途中為祝家人馬抓回，石秀、楊雄則幸遇杜興（楊雄乃杜興昔日恩人），獲邀至其主人李應莊上。李應二話不說，即差人修書央請祝家莊放了時遷。祝家莊卻不買李應的帳（其實兩家一向結盟），理由是一定要解上官府。李應只好再遣大總管杜興跑一趟，結果杜興不但被臭罵了一頓，李應的親筆函也被撕得粉碎。李應火大起來，親自前往質問，結果與祝家老三祝彪一言不和，打將起來，負傷而返。至此，石秀、楊雄只得奔梁山求救兵了。（四十七回）

這是李應初上場的表現，頗能展現仗義執言的一面。而畫家亦據《水滸》中對他的描述：「鶻眼鷹睛頭似虎，燕頷猿臂狼腰，疎財仗義結英豪。愛騎雪白馬，喜着絳紅袍。背上飛刀藏五把，點鋼鎗斜嵌銀條。性剛誰敢犯分毫。」期望找出他的特質。果然罩著披風、留著鬍鬚、擎著藤鞭的李應就出來了。只是他的座騎白馬與背後五把飛刀，恐怕就要大家發揮想像力了。細看李應與祝彪相戰那一幕，並未使出「小李飛刀」，僅以手中之鎗去挺祝彪之攻勢，祝彪因敵不住，以拖刀計誘李應追來，再拈弓搭箭射向李應，李應不防，才中箭下馬。顯然光明正大的李應不願以飛刀暗傷祝彪。

由李應為助石秀、楊雄救回時遷，不惜與祝彪一戰，得罪了祝家莊來看，上梁山入夥的石秀、楊雄，勢必要在宋江面前大力讚揚李應的義氣才對。可惜《水滸》作者並未朝此方向寫，先是石秀、楊雄二人遭晁蓋斥責偷雞吃，傷了梁山忠義之名，並決定寧斬不赦時，宋江則力勸晁蓋趁機拿下祝家莊，奪取錢糧馬匹，並邀李應入夥以壯大實力。雖然如此，倉卒下山的梁山軍還是在第一次打祝家莊失利後，才由楊雄建議應向李應請益。

可惜當宋江率石秀、楊雄前往李家莊拜訪時，情況已有變，李應即以傷病為由不願相見，態度轉趨謹慎，而且不復初見石秀、楊雄時仗義執言的一面。雖然這是李應怕破壞李祝聯盟不得不考慮的決定，其實已埋下宋江日後陷李應於不義的伏筆。

果然宋江三打祝家莊得勝後，吳用派出蕭讓、戴宗、金大堅、李俊、張橫等人假扮官府中人，藉祝家莊之口，告李應勾結梁山賊寇，捉其歸案。李應百口莫辯，只得被綁架上了梁山。最後宋江還一把火將李家莊燒為平地，徹底斷了李應的歸路。

看李應故事，儼然又是一個為梁山所逼的故事。過程雖比不上秦明、朱仝、盧俊義悲慘，其實已反映了《水滸》作者在後加的故事中逐漸偏離「為官府所逼」這個主題。以李應和盧俊義為例，二人均屬莊主身分，頗符梁山的胃口，如果「敬酒」不吃，就以「罰酒」伺候。而且先將李應和盧俊義的名聲與社會關係毀了，不怕他們不上梁山。這些主意均出自吳用，顯然梁山軍師還有一層作用，就是專將無辜者逼上梁山。

看金聖嘆在《水滸傳》七十回本中所批宋江十大罪狀（第五十七回），其中第六項是「羅致好漢，經營盜窟」，如今再對照李應（朱仝、花榮、秦明、盧俊義）的故事，似乎宋江在四十一回上了梁山後，在某種程度上扭曲了原先好漢（林冲、楊志、武松、魯智深）上梁山的原則——為官府所逼。難怪金聖嘆要腰斬《水滸》，只承認到第七十一回「梁山泊英雄排座次」，不接受招安以後宋江還有替朝廷攻遼、打田虎、剿王慶、征方臘的「忠義」情節。以現代人的眼光看金聖嘆寫於崇禎末年的「《水滸》批註」，可知這位大才子當時即對宋江呈現了極度的不滿。

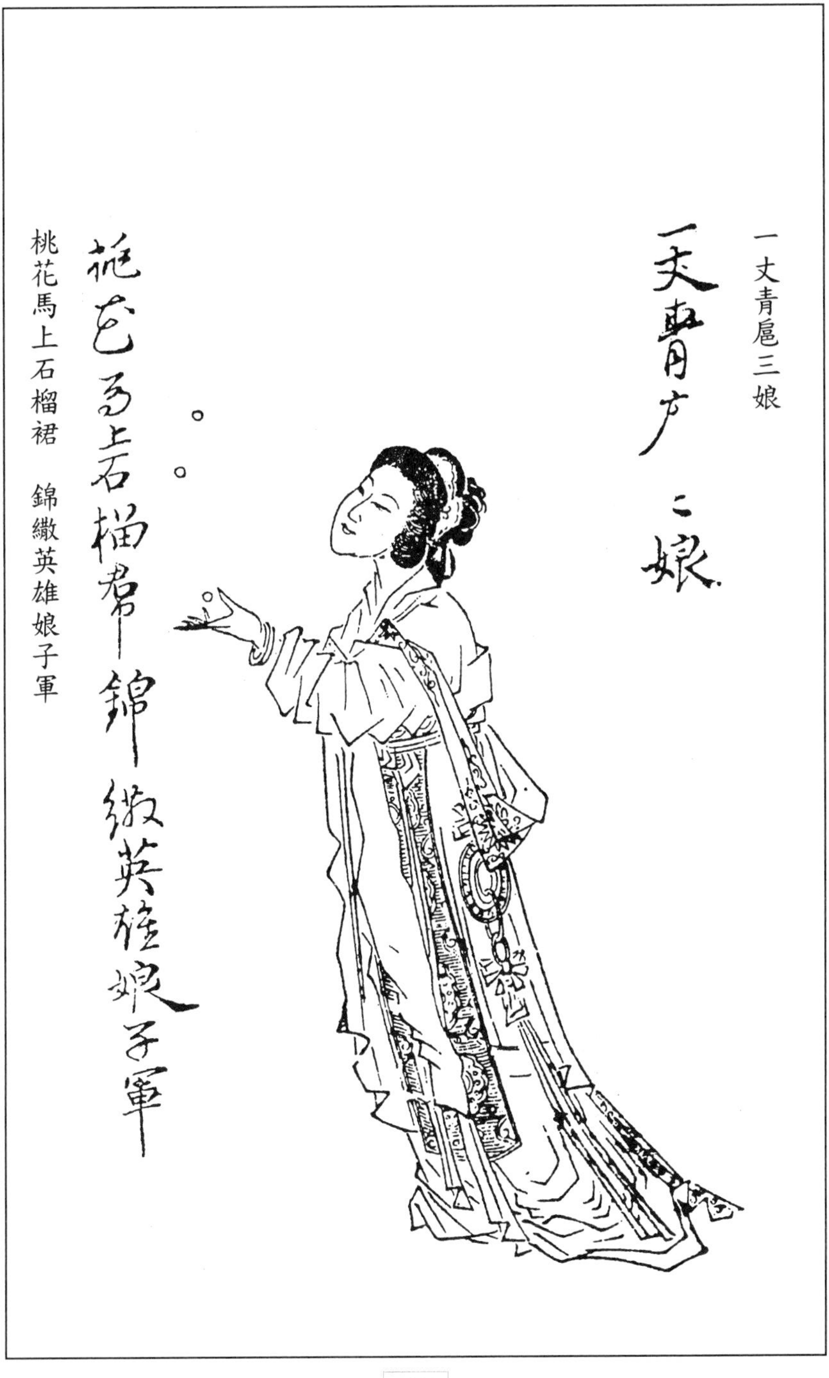
一丈青扈三娘
桃花馬上石榴裙　錦繖英雄娘子軍

二十八、扈三娘

「一丈青」扈三娘不僅是《水滸》中三位知名女將之一，她的容貌與武藝也是最傑出的。可惜她的故事卻因夫婿是「矮腳虎」王英，而顯得有些搞笑。

其實扈三娘剛上場時的未婚夫是祝家莊英挺的祝彪，而扈家與祝家一向是結盟的關係。宋江在兩打祝家莊前，雖對其略有所聞，畢竟不甚在意。直到一打祝家莊失利，二打祝家莊由「矮腳虎」王英正面迎敵，為一丈青所擒，才知這位扈家女將的厲害。（四十八回）

那時的一丈青騎著一頭青駿馬，掄著兩口日月刀，與王英鬥上十數回合，很快就把他從馬上活捉下來。以這樣的架式來看扈三娘的武藝，王英如果不是吃虧在一個「矮」字（吳越先生在其《評水滸》中指出一丈青身材高而苗條），就是功夫實在不如人。偏偏這一戰，讓宋江有了靈感，決定撮合這兩人，以彌補上回在清風山壞了王英貪戀劉高之妻的好事。（三十二回）

果然在王英受縛之後，一丈青不敵豹子頭林冲的丈八蛇矛，為其生擒，與王英各成了雙方的人質。到了三打祝家莊時，宋江得吳用的連環計，不僅將祝家上下趕盡殺絕，還借李逵之手砍死逃至扈家莊的祝彪，而李逵亦索性將扈家莊殺個老小不留。換句話說，當扈三娘還在梁山為人質的時候，宋家軍已徹底搜括血洗了祝扈兩家莊子。（五十回）

得勝歸來的宋江立即為一丈青與王矮虎配對，將二人結為夫婦。按《水滸》作者所寫，其理由有三：一是當初宋江在清風山答應為王英另選嬌娘；二是宋太公（宋江老父）已收扈三娘為女，有責任為其擇婿完婚；三是扈三娘見宋江義氣深重，無法推卻。（五十一回）

果真如此的話，其出發點顯然都是為了宋江考量，而扈三娘已成俘虜，如何能不順從？儘管宋江還當面向扈三娘解釋：「我這兄弟王英，雖有武藝，不及賢妹。」無論如何這朵鮮花是插在牛糞上了。從後來一丈青和王英負責監督馬匹及後寨事宜來看，已知她不會再有太大的作為。（以六十九回為例，制伏雙鎗將董平乃一丈青王英夫婦與孫二娘張青夫婦四人通力合作，這已是少見之舉。）

不過看畫家筆下的扈三娘，與孫二娘一樣，都少了份拍馬舞刀的霸氣。再看扈三娘於四十七回初上場時的模樣：「霧鬢雲鬟嬌女將，鳳頭鞋寶鐙斜踏。黃金堅甲襯紅紗，獅蠻帶柳腰端跨。巨斧把雄兵亂砍，玉纖手將猛將生拿。天然美貌海棠花，一丈青當先出馬。」照理說，這確是一位武藝容貌兼具的女將，不過在畫家取捨之下，我們只看到扈三娘嫵媚俏麗的一面。顯然畫家取捨的理由和描繪孫二娘時是一樣的：成為梁山賊寇的女將都不見容於當時的主流社會。從陳洪綬筆下《水滸葉子》四十人物中，僅有的三位女性孫二娘、扈三娘、顧大嫂可知，此三人若非武藝高超，也無法榮膺四十榜內，可是既榮膺榜內，卻又不願她們以書中面目與人相見，畫家的考量可以想見。由這一幅一丈青「天然美貌海棠花」的容顏，不言而喻陳洪綬拿捏的標準。

雖然一丈青在宋江亂點鴛鴦譜下，不得不與王英成親，可是那不代表她真正的內心。似乎慈悲的畫家也看出這樣的安排對她有莫大的不公，尤其是當扈家老小均為李逵所害，家門遭逢如此巨變時，卻僅由一丈青一人概括承受，難道古人可以比今人更釋懷家破人亡？因此看陳洪綬畫「一丈青遊戲圖」時，即知絕對不是《水滸傳》裏的一丈青，不過卻因為如此，反讓我們看到畫家心中獨一無二的扈三娘——既非一馬當先的扈家女將，亦非逼上梁山成為矮腳虎的夫人，卻是自在悠閒的一丈青。

兩頭蛇解珍

兩頭蛇解珍

赴義而斃　提攜厥弟

赴義而斃提攜厥弟

二十九、解珍

解珍、解寶是一對獵戶兄弟。他們的故事只有第四十九回最精彩，《水滸》作者寫到宋江二打祝家莊失利時，忽然岔了出去，目的就是讓宋江再多收攬幾個人上山，而解珍、解寶就是在這樣情況下出現的。

解珍的外號是「兩頭蛇」，解寶的外號是「雙尾蝎」，使的兵器都是鋼叉。有一次，登州（山東蓬萊）山上出了大蟲，知府要全部獵戶上山捕虎，限三日捕獲。解珍、解寶好不容易以藥箭射得大虎，卻滾落至毛太公莊上。二人前往索還時，竟遭構陷為「混賴大蟲，各執鋼叉，因而搶擄財物」。被打入死囚牢後，幸獲牢營小節級樂和見義勇為，通知解珍、解寶的表姊「母大蟲」顧大嫂，眾人商議唯有劫牢一途，於是裏應外合，一舉救出解珍、解寶。而參與劫牢的六人樂和、顧大嫂、孫新、孫立、鄒淵、鄒潤自然也都同時投了梁山。

這段故事若確屬施耐庵的編撰，可謂極佳的短篇小說了。只有一回，竟能寫得結構嚴謹、絲絲入扣。前半部由解珍、解寶兄弟所受的冤屈反映了宋代官府為捕大蟲威逼獵戶的荒唐期限，以及地方惡霸為獲獎賞不擇手段欺壓善良的黑暗事實。後半部由小節級樂和的通風報信、母大蟲顧大嫂的見義勇為、孫新勸哥哥孫立的義氣相挺，都讓人看到了人性中可貴的一面。撇開這個故事的結尾「劫獄」不談（此為《水滸》慣用的上梁山的手法），其實原本解珍、解寶兄弟是不必上梁山的，要不是官府限期相逼，毛太公貪圖獎賞蓄意誣陷，兄弟二人頂多是責罰了事的。偏偏《水滸》作者有意藉前半部的黑暗面來凸顯後半部的光明面，於是解珍、解寶兄弟從被誣陷入獄到有人不平憤而劫牢，最後眾人直奔梁山。其實帶給讀者的是一種快感，一種替解珍、解寶兄弟出了怨氣的快感。

如果梁山每一位兄弟之前都受過這種不公不義的對待，整部《水滸傳》就可算是對宋代社會制度進行了既嚴謹又嚴厲的批判。可惜的是《水滸傳》並非同一時期同一作者所完成，從宋、元、明的「說唱」階段、「話本」階段到「成書」階段（大陸楊子華先生《水滸文化新解》），其中陸陸續續加入了不少的傳說。像解珍、解寶兄弟的故事如此獨立而完整，拿掉或加入完全不影響整部《水滸傳》的結構就是一個明證。

解珍、解寶兄弟效勞梁山後，多數時候均隨宋江出征，偶爾幾次還會恢復獵戶角色，而這個獵戶角色也是他們向眾人告別的最後身影。這是很難令人忘懷的一段。第一百一十六回，宋江攻烏龍嶺（浙江建德北）失利，已折了阮小二、孟康兩位兄弟，解珍、解寶遂自告奮勇要上山去放火燒方臘兵，吳用認為烏龍嶺險峻，如果失腳，性命難保。二人答稱：「我弟兄兩個，自登州越獄上梁山泊，託哥哥（宋江）福蔭，做了許多年好漢，又受了國家誥命，穿了錦襖子。今日為朝廷，便粉身碎骨，報答仁兄，也不為多。」果然一語成讖。就在解珍爬上山凹時，很快為方臘軍發覺，一把撓鉤鉤住了他的髮髻，使其兩腳懸空後，解珍心慌砍斷撓鉤繩索，墜落於百十丈高崖下，粉身碎骨而亡。其弟解寶則遭滾石追砸，又為亂箭所射，亦慘死於烏龍嶺下。看解珍、解寶之陣亡，再次讓人感慨成為梁山兄弟的身不由己。

雖然畫家筆下的解珍是盡量朝著《水滸》書中所言「紫棠色面皮，腰細膀闊」、「虎皮戰襖鹿皮靴」、「渾鐵鋼叉無敵手，縱橫誰敢攔遮」去描繪，可是當手持鋼叉捉得獵物的解珍在回首之餘所透露出的一絲疑色，是否讓人聯想到烏龍嶺上砍斷繩索摔落山谷的那一幕，獵人者竟成了別人眼中的大獵物？

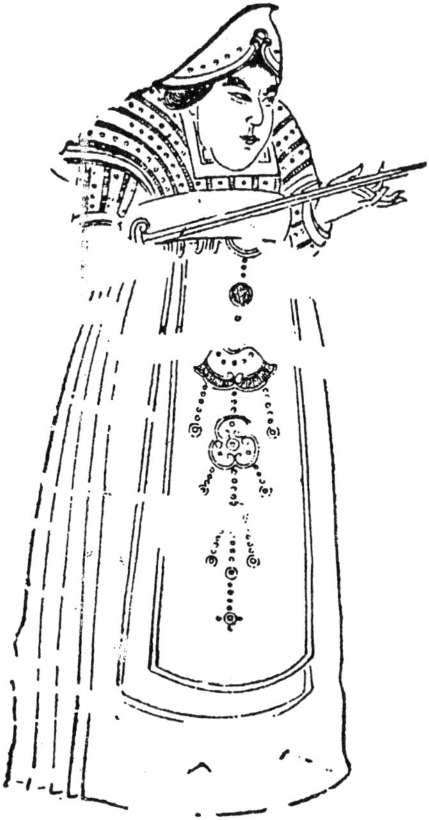

母大蟲顧大嫂

提葫蘆　唱鷓鴣　酒家胡

三十、顧大嫂

《水滸》第四十九回，解珍、解寶兩位獵戶兄弟因捕「大蟲」而入獄，可是也因「大蟲」而獲救。這後者的「大蟲」指的就是「母大蟲」顧大嫂。

顧大嫂一上場就身兼數職，既賣肉，又開酒店、經營賭坊，以現代人眼光來看，應是標準的女強人。果然書中如此描繪：「眉粗眼大，胖面肥腰。插一頭異樣釵鐶，露兩臂時興釧鐲。紅裙六幅，渾如五月榴花；翠領數層，染就三春楊柳。有時怒起，提井欄便打老公頭；忽地心焦，拿石碓敲翻莊客腿。生來不會拈針線，正是山中母大蟲。」眼見一位既會打扮又會動武的胖大娘子躍然紙上！

而畫家又是如何揣摩這位胖大娘子呢？陳洪綬先抓住了一個表現法，就是不畫脖子。這在他筆下所繪的觀音、羅漢、達摩以及陶淵明故事中的人物已歷歷可見，一些臉部下垂至胸前，頭大身小，身材不成比例的神佛或士人，藉由打坐或冥想呈現出極為誇張的造型。看這幅「顧大嫂執劍圖」雖不見釵鐶釧鐲，但翠領裙裾的繁簡層次，還是帶出了唐仕女圖「穠麗豐肥」的餘韻。而陳洪綬又為何寧可讓顧大嫂手中執劍，而不願描繪她拿著「井欄」（棍子）或「石碓」（杵臼）打人的模樣？顯然是畫家的美學堅持再度發酵了。和之前的孫二娘、扈三娘相比，在陳洪綬的《水滸葉子》四十人組中，因唯有這三人為女性，畫家必須將此三人的母老虎形象作一區隔，卯足心思的結果，就有了「孫二娘繡花圖」、「扈三娘遊戲圖」與「顧大嫂執劍圖」之不同了。這實在是畫家的縝密之處。

至於被提升為執劍女俠的顧大嫂，是否真有俠女之風呢？

先看解珍、解寶兄弟入獄時對顧大嫂的形容：「我那姐姐，有三二十人近他不得。」這已點明了顧大嫂的功夫，既然二三十人近身不得，劫獄有她一人即可搞定，何需眾多人手（孫新、孫立、鄒淵、鄒潤）上場？後來眾人要顧大嫂以送飯為名，混入獄中，果然只憑其手中「兩把明晃晃尖刀」，這位母大蟲即以裏應外合之計救出了解珍、解寶。雖然這是一百二十回《水滸》中，顧大嫂表現最出色的一回，不過看起來實在不夠味兒，尤其是和之前的扈三娘馬上縛人的功夫相較，簡直遜色太多。

至於上梁山後的顧大嫂，除了曾在宋江打北京城時擔任扈三娘的左將（六十三回），以及梁山排座次時與老公孫新管東山酒店負責哨探（七十一回）外，多數時候竟然只擔任放火的任務。比方：時遷火燒翠雲樓時至盧俊義家放火（六十六回）、扮乞婆給史進送飯告知將放火劫獄（六十九回）、宋江三敗高太尉時放火燒船廠（八十回），就一共放了三次火，似乎離俠女的形象還很遠。倒是在王慶作亂時，她與夫婿孫新以及孫二娘夫婦曾統兵二萬，不過也僅止於屯紮守寨的作用，並未參戰（一百零七回）。即便是最後的方臘之戰，在宋江智取寧海軍時，顧大嫂夫婦與另二對夫婦（扈三娘、王英與孫二娘、張青）還擔任漁夫、漁婆混入城中，放炮為號（一百一十五回）。可以說七十回以後再看顧大嫂的表現就更難想像她原來是由一個二三十人近身不得的「俠女」落魄到「乞婆」、「漁婆」的角色了。

或許是畫家亦看出《水滸》作者將每位角色安排上了梁山後，都出現了不盡人意的尷尬，如果只看到七十回本排座次，顧大嫂夫婦掌管東山酒店打聽消息，這種角色和其過去身兼數職相比，只能算是差強人意了。不過以此切入《水滸》的時空背景，不難想像北宋末年蔡京把持朝政的禍國殃民，連有本事的顧大嫂之流為了救表弟的冤獄，不得不鋌而走險，棄守家園，奔上梁山，尋求更大的草莽集團庇護，這意味著國家制度早已瓦解，當人民以武藝尋求自保而又無效時，這群人就有必要組織更大的武裝團體來免於受害。即使是顧大嫂、孫二娘、扈三娘三位女強人，上梁山後要重新找到自己的定位，恐怕還需要一點時間。不過追求完美的畫家可管不了這許多，乾脆大膽地就以「胖大女俠」來詮釋自己心中的女英雄。

雙鞭呼延灼

將門之子　執鞭令史

三十一、呼延灼

宋江在高唐州（山東境）殺了高廉（高俅兄弟）後，高俅派出呼延灼前往梁山圍剿宋家軍。這「呼延灼」按《水滸》第五十四回的介紹是「河東名將呼延贊嫡派子孫」，和柴進上場時介紹他為「後周柴世宗嫡派子孫」（第九回）是如出一轍的。但也因此很多《水滸》專家據此研究呼延贊的後代，其結果當然是找不到呼延灼這個人，就像柴進若果真是柴世宗的後人，其丹書鐵券怎麼到後來全然不管用了呢？小說畢竟是小說，即使在呼延贊的子孫中能找到呼延灼，這呼延灼後來投了梁山又受招安，怕也不是什麼光彩的事。

不過在小說中，這「呼延灼」卻是個起承轉合的角色，沒有他，宋江還一時收攬不了十幾個兄弟上山，由此可知呼延灼的舉足輕重。

呼延灼前往梁山圍剿時，有兩位先鋒隨行，韓滔與彭玘。第一回合呼延灼雖以連環馬大勝宋家軍，彭玘卻為一丈青鈎下馬來，很快降了宋江。接著再由砲手凌振上場，以飛天火砲直轟梁山泊寨柵。此時吳用建議派出水軍先捉凌振，而湯隆亦獻計請出徐寧的鈎鐮鎗法破連環馬。

果然此二法一出，不僅凌振於水底被捉，先鋒韓滔亦馬失前蹄，為鈎鐮鎗所敗，呼延灼只得一人轉投青州。故事發展至此，算算已有三位軍官（彭玘、凌振、韓滔）同時入了梁山，這不是拜呼延灼所賜嗎？

呼延灼往青州後，慕容知府請其先代為掃蕩桃花山的強盜李忠、周通，再剪除二龍山的魯智深、楊志、武松（此時施恩、曹正、張青、孫二娘亦已入夥二龍山），以及白虎山的孔明、孔亮兄弟檔賊人。結果反使三山合做一處，再由宋江相助，殺了慕容知府全家，已成孤軍的呼延灼也只有上山入夥一途。這第二批藉呼延灼上梁山的，則有十一人之多。若再加上第一批的軍官三人以及呼延灼本人，從五十五回發展到五十八回的《水滸》故事，竟一口氣將十五人送上梁山，實在不可思議。

呼延灼上梁山後，排名右軍寨內第一。宋江打北京時，成為左軍頭領。後收攬關勝上山，居功厥偉，迅速升為梁山五虎將（另四人為關勝、林冲、秦明、董平）的地位。明顯看出入夥後深受宋江器重。

梁山軍受招安後，第一戰前往北方征遼（契丹），呼延灼因力擒兀顏小將軍，使遼兵大敗。此後無論打田虎、剿王慶、討方臘，呼延灼都一路神勇，直至受封為御營兵馬指揮使後，還再度於一百二十回領軍出戰大金，破了兀朮四太子，殺至淮西才陣亡。看《水滸》作者如此慎重安排呼延灼的一生，應是以宋太祖時期的大將呼延贊為標的，描述當時北宋屢為契丹所敗，而呼延贊因奮勇殺敵，復仇雪恥，成為史實中的真英雄。《水滸》作者藉此引發出一段靈感，創造了呼延灼這個小說中的英雄。

無論是呼延贊或呼延灼，畫家筆下雖按「開國功臣」將其描繪成「先朝良將」，可是他的「家傳鞭法」（鐵鞭或雙鞭）卻不見了，代之以佩劍，不知是何道理？不過整體來看，從頭盔、落腮鬍、戰袍、佩劍到內搭的繁複軍服，不僅疏密有致，還讓人有一種威風凜凜之感。和之前楊志與索超的圖相較，陳洪綬抓住了這些軍官的神韻，也賦予了該有的尊重。當然最難得的是，呼延灼的圖檔經過四百年的傳遞，表情、帽飾與劍穗的紋路竟然還如此清晰，可以想像當時的木刻家將平面繪畫轉換成立體版畫的心情是多麼的慎重，而如此繁複的雕刻過程亦使一刀一筆成為永恆。欣賞陳洪綬的《水滸葉子》圖，也讓我們再次向當時的徽派名家刻手黃君倩與黃一中致上最高的敬意。

金鎗手徐寧

甲胄以衛身　好之以陷人

三十二、徐寧

徐寧的故事，嚴格說起來只有兩段精彩，即五十六回「湯隆賺徐寧上山」與五十七回「徐寧教使鈎鐮鎗」。前者由徐寧的表弟湯隆出面獲取徐寧信任後，再由時遷竊取徐寧的傳家寶「賽唐猊」（一種刀劍不透的雁翎甲），然後一路誘取徐寧追蹤寶物而上梁山；後者是宋江請徐寧教導山寨數百人學會鈎鐮鎗正法，以破呼延灼之連環馬陣。

審視故事情節，顯然前者又比後者寫得好。因賺取徐寧上山的關鍵人物為湯隆，湯隆在五十四回是由李逵推薦入梁山的，他的身分是打鐵匠，李逵前往高唐州時，在武岡鎮認識，遊說他：「你在這裏幾時得發跡？不如跟我上梁山泊入夥，教你也做個頭領。」後來湯隆雖然跟隨李逵見識了公孫勝破了高廉的妖法，又將柴進從死獄中救出，可是上梁山後，他還是掌管監督打造軍器鐵甲。如果說這樣就算是發跡的話，那也是他犧牲表哥徐寧一家的平靜生活所換取的代價，如此的行徑與人格又如何讓人苟同？

以徐寧「東京金鎗班教師」的身分，之所以必須遁走，完全是湯隆所害。這和之前的王進、林冲惹毛了高俅，基本上不同。《水滸》作者透過此一寫法，讓我們不斷面對所謂「自己人」（親屬、朋友、夫妻）的背叛與傷害。而湯隆的陷害徐寧，在梁山聚義的大原則下，就像自古忠孝不能兩全的例子，個人被犧牲時是不能有怨言的。所以徐寧被迫上山，儘管是湯隆不對，但也只有忍氣吞聲，以大局為重。這和八十萬禁軍教頭王進受高俅壓迫時選擇不淌渾水的離去，以及林冲被高俅所逼必須殺害背叛自己的好友陸謙後才入夥梁山相比，前者是令人敬重的，而後者則是令人同情的。反觀徐寧卻是為了保護傳家寶，既不令人敬重，也不令人同情。這就是湯隆出面所代表的梁山集團逼迫之下所造成的後果。釐清王進、林冲、徐寧的不同，也可以看出《水滸》作者一路寫來的不同，先是王進的遁走，接著是林冲遭構陷追殺，不得已而上梁山，再來就是梁山自己出面迫害軍官，使其成了背叛朝廷的人，加以收編。這種不同階段的演變到最後其實總帳恐怕都要算在宋江的頭上。

當然《水滸》作者寫徐寧上山，最要緊的還是他有一套拿手絕活——鈎鐮鎗法，以此破呼延灼的連環馬可謂百發百中。這鈎鐮鎗法其實很殘忍，一共有九個變化，每十二步一變，這變中還有鈎、鐮、搠、繳等二十四步之不同。當呼延灼每三十匹馬一連，三千連環馬分作一百隊衝鋒陷陣時，躲在蘆葦叢中的鈎鐮鎗手先鈎倒兩邊馬腳，三十匹馬必大亂，接著撓鈎手趁亂再鈎住敵軍，將其一一縛住。宋江果然因此而得勝，但梁山軍後來將失了馬蹄的馬宰作加菜食物，可以想像馬匹的損傷與戰況是極為慘烈的。當然小說歸小說，很多人還是看出連環馬的不可行，因梁山位於水泊之中，如何能以連環馬進攻？而鈎鐮鎗法雖有變化，卻也不實用，只能躲入蘆葦叢中鈎傷馬蹄或捉人，如果出戰，豈不命喪連環馬下？難怪大陸吳越先生在其《評水滸》一書中說：「連環馬是金兀朮發明，用來在平原地區作戰，主要是用來衝鋒陷陣的。對梁山泊來說，根本不管用：不結冰的時候，連環馬不能下水；結冰以後，馬蹄不能在冰面上行走。」明顯指出梁山泊地理環境與氣候因素不宜連環馬。

雖然徐寧前後兩段故事很吸引人，可是都讓現代人提出了質疑。這說明《水滸》的成書過程因年代久遠（元末明初），出現了無法理解的落差。這應是每一部古典小說都有的時代問題。

幸好陳洪綬的圖縮短了這個差距。雖然徐寧的外號是「金鎗手」，可是畫家卻畫了一把弓架在他身上，這是為何？原來對徐寧的介紹要到七十六回出戰童貫時才看到，當時書上有這麼幾句：「雀畫弓懸一彎月，龍泉劍掛九秋霜。綉袍巧製鸚哥綠，戰服輕裁柳葉黃。頂上纓花紅燦爛，手執金絲鐵桿鎗。」雖然陳洪綬拿掉了龍泉劍與鐵桿鎗，畢竟還保留了雀畫弓（當時的弓種類，還有鐵胎弓、寶雕弓等）。再由此弓往下看時，徐寧胸前似乎還出現了那副刀鎗不入的「雁翎甲」。儘管畫家捨棄了鈎鐮鎗，代之以「弓」與「雁翎甲」（姑且視之）詮釋徐寧——「甲冑以衛身，好之以陷人」（陳洪綬書評），可是極為諷刺的是「雁翎甲」並沒有保護徐寧一生，他死於方臘之戰，原因是項上中箭，七竅流血而亡。這樣的結局說明了什麼？徐寧為了救祖傳的雁翎甲而被騙上山，但這雁翎甲不但救不了他，反而還因此失去寶貴的生命與一生的清白。

神機軍師朱武

師尚父　友孫武

三十三、朱武

「神機軍師」朱武未上梁山前是少華山（陝西境）的強人，當時和他一夥的還有陳達、楊春兩人。其中陳達想先搶劫史家莊（史進的村子），結果單槍匹馬被縛，幸賴朱武以苦肉計（願和陳達同死）感動了史進，四人從此結為兄弟。這是《水滸》第二回寫九紋龍史進時，順便帶上少華山三強人的一段。

朱武雖出身綠林，一向打家劫舍，可是《水滸》作者還是願意朝著「雖無本事，廣有謀略」的人格特質去塑造他，果然一上場的「苦肉計」就化干戈為玉帛。此後朱武等人一直要到五十八回參與救援身陷華州（陝西華縣）獄中的史進、魯智深，才和宋江、吳用打照面，入了梁山集團。不過第二度上場的朱武也因地緣關係，建議宋江、吳用：「華州城郭廣闊，濠溝深遠，急切難打，只除非裏應外合，方可取得。」這「裏應外合」之計就是先教人假冒宿太尉，騙過了華州太守，再將華州太守賜死，救出獄中的史進、魯智深。顯然朱武的提議不僅讓梁山集團天衣無縫地完成救人任務，也藉此機會稟明宿太尉梁山專等天子招安的心願。

朱武上梁山後，評價也水漲船高，《水滸》作者除了以「平生足智多謀，亦能使兩口雙刀」強調他文武雙全外，還有八句詩說明他的外貌與才智：「道服裁棕葉，雲冠剪鹿皮。臉紅雙眼俊，面白細髯垂。智可張良比，才將范蠡欺。軍中人盡伏，朱武號神機。」這裏最重要的一點是將朱武和張良、范蠡比，似乎已向我們預告了朱武協助宋江剿平方臘後，投公孫勝成了雲遊道人的退隱結局。如果這樣看來，朱武應該也是越寫越好的角色，由一打家劫舍的強盜而成梁山參贊軍師，最終看破紅塵，出家以終天年。

儘管後來朱武在征遼、剿王慶之役，都發揮了神機軍師的本色，前者看出遼軍主帥擺出「太乙混天像陣」，要宋江不可造次攻打；後者朱武排出「循環八卦陣」，使盧俊義大敗王慶主帥奚勝的「六花陣」法，不過這些以陣法作戰取勝的情節，和吳用的技高一籌、公孫勝的呼風喚雨擊敗敵軍相比，卻顯得小巫見大巫。倒是在一百一十八回盧俊義於歙州大戰方臘軍主帥龐萬春時，宋軍因擋不住龐萬春的連珠箭，一路大敗，這時的朱武隨即建議將軍馬分散離寨埋伏，並以「懸羊擊鼓」之計虛張聲勢，結果當龐萬春於夜間劫寨時，已來不及抽身，很快為四面八方的宋家軍活捉。這一段寫朱武所提的「懸羊擊鼓」之計其實是大有來頭的。南宋寧宗開禧年間的宋金之戰，宋將畢再遇就是以此計騙過金兵，完成撤退部署的。當時他先以倒懸的羊腳不斷踢鼓以示作戰準備，藉此疲憊金兵，俟金兵發覺有異時，宋軍早已安全移防了（《圖解三十六計》，「金蟬脫殼」，好讀出版）。這和《三國演義》第一百回諸葛亮以「增竈退兵」之計騙過司馬懿有異曲同工之妙。

如此看來，無論是入梁山前的朱武（獻苦肉計與裏應外合之計）或參與征戰時曾以「循環八卦陣」（即諸葛亮的八陣圖）敗王慶主帥，甚而討方臘時提出金蟬脫殼的「懸羊擊鼓」之計（相當於孔明的「增竈退兵」之計），都讓人看出《水滸》作者還是朝著軍師孔明的角色去塑造他。難怪在畫家筆下，一位席地而坐的法師，正專心目視地上石子的排列，期待袖裏乾坤能測出出門入戶的勝敗關鍵，這樣一位寬袍大袖羽扇綸巾的道士要和軍師吳用、法師公孫勝、混世魔王樊瑞（亦懂幻術）等同類型人物作區隔，陳洪綬的想像力確實受到考驗。

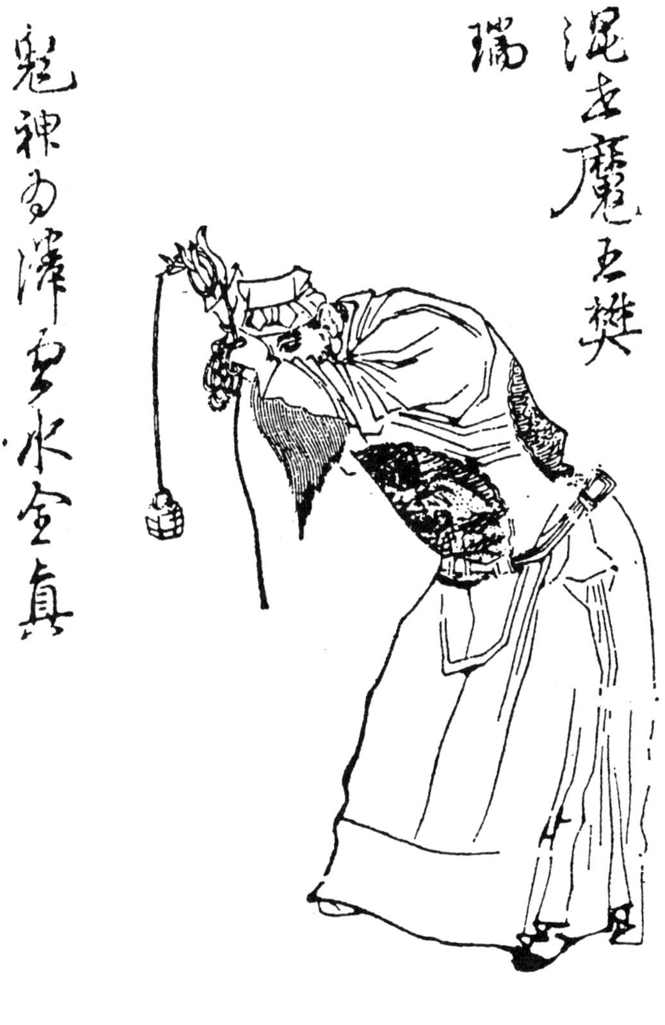

混世魔王樊瑞

鬼神為隣　雲水全真

三十四、樊瑞

史進與少華山三強人朱武、陳達、楊春在五十九回入梁山後，《水滸》作者忽然安排出三人自不量力地想要併吞梁山泊（梁山勢力發展至六十回已有八十八位兄弟擔任各部頭領，旗下已有數千甚至上萬兵力），那三人就是芒碭山的「混世魔王」樊瑞、「八臂那吒」項充和「飛天大聖」李袞。

光看這三人的外號，即知是受了《西遊記》的影響。因此樊瑞這一段故事既是勉強岔出來的，可是又必須完成上梁山的目的，於是《水滸》作者就乾脆讓剛入夥的史進、朱武等人自告奮勇去圍剿，等他們吃了敗仗，再安排梁山法師公孫勝前去「降魔」。

到底這魔王樊瑞手下的項充、李袞是怎麼贏的？只見他們二人，一人背插二十四把飛刀、一人背插二十四把標鎗，各持一面團牌（盾牌），神勇地衝進史進、朱武等人的陣勢中，梁山軍立刻人仰馬翻，敗退六七十里。顯然項充、李袞的飛刀、標鎗無人能擋，而且由史進、朱武率領的梁山嘍囉也不堪一擊。

之後花榮、徐寧派出兩千軍馬相助，宋江亦率領三千人馬前來助陣，因天色已晚，芒碭山已掛滿青色燈籠，法師公孫勝立即指出此乃妖術，遂列出孔明的「八陣圖」抵擋。這時果見樊瑞上場，左手挽著流星銅鎚，右手執著魔王寶劍，橫跨黑馬立於陣前作起妖法，項充、李袞趁勢衝入八陣圖。可惜不久即陷入馬坑被縛，樊瑞則逃回山上。這次雙方對陣，則顯樊瑞法術不堪一擊。不過後來宋江很快放回項充、李袞，由二人說服樊瑞後，三人在六十回即共上梁山。

嚴格說起來，這場公孫勝「降魔」的戲，實在不甚精彩。可以說樊瑞根本沒有被降住，只由項充、李袞打頭陣就敗下陣來，如何算是「降魔」？儘管樊瑞當時是敗在不懂陣勢，可是看公孫勝擺出的八陣圖，只讓項充、李袞掉入陷阱，這又如何能與《三國演義》中孔明以八陣圖擋住陸遜大軍的追殺相比？而入夥後拜公孫勝為師，並開始學習陣法的樊瑞，表現又如何？

吳用取大名府時，樊瑞任步軍頭領，居然追殺不成梁中書（六十六回）；隨宋江夜打曾頭市，只擔任後軍（六十八回）；隨盧俊義打東昌府，卻輸了陣（七十回）；梁山排座次時，雖為步軍將校第一人，卻得掌管錢糧收放（七十一回）。此後除了在打童貫、征遼時與李逵、鮑旭、項充、李袞一組迎敵外，常常不見蹤影，似乎為《水滸》作者所遺忘。

再看打田虎那一次，隨盧俊義出戰，卻多次未出場，唯一一次上場是和敵陣懂法術的喬道清鬥，結果敗下陣來不說，還被喬道清譏為「量你這鳥術幹得甚事！」（九十五回）最後還得由公孫勝出面才擺平了喬道清。即使後來的剿王慶、討方臘之役，樊瑞亦是時而出現，時而不見。由此可知這位「混世魔王」，不僅之前的妖術虛有其表，連入夥後拜公孫勝為師也沒有學到什麼陣法，顯然是《水滸》作者力不從心，無法顧及的地煞星七十二員之一。

不過畫家筆下的樊瑞就受青睞多了。只見一位頭戴方巾、身穿道袍的術士，正弓身低首，眉眼俯視手中的流星銅鎚，在緩緩收回或放長繩索中，醞釀著什麼神秘的法術。整個構圖的焦點還有一特殊處，就是他整齊下垂線條清晰的鬍鬚。這鬍鬚顯然是陳洪綬的神來之筆。因第六十回對樊瑞的介紹中似乎並沒有這個特徵：「頭散青絲細髮，身穿絨綉皂袍。連環鐵甲晃寒霄，慣使銅鎚神妙。好似北方真武，世間伏怪除妖。雲遊江海把名標，『混世魔王』綽號。」畫家為了和長髮披肩的「公孫勝收妖圖」作區別，乾脆就替樊瑞添上了這一縷鬚髯。銅鎚、繩索、鬚髯、道袍的垂直線，與弓身的背部曲線形成視覺焦點，是畫家慎重處理的設計圖。雖然被衣袖遮住臉龐的魔王少了分懾人的威儀，卻多了幾許神秘之感。

玉麒麟盧俊義

積粟千斛資盜糧　積錢萬貫無私囊

三十五、盧俊義

這幅盧俊義「捋髯執斧圖」和過去畫家筆下所繪《水滸》人物最大的不同在於：全圖以圓潤筆觸構成視覺焦點。雖然「方折」筆觸一直是陳洪綬所繪《水滸葉子》人物的主要線條，但細究每個人物時，偶一為之的圓潤筆觸卻常有畫龍點睛之效。偏偏這幅盧俊義「執斧圖」竟破例多以圓柔曲線為之，不僅少見，而且與下半身的直紋形成強烈對比，可謂巧妙詮釋肥胖身軀的成功構圖。再加上手臂及長斧分別將畫面切割成兩個三角形，更兼具了平衡的美感、繪畫的邏輯性與設計性，可為陳氏代表作之一。若和之前寬袍大袖的「智深悟化圖」以及抱拳作揖的「柴進簪花圖」相較，其線條均有異曲同工之妙。

至於畫家以如此肥胖構圖詮釋盧俊義，所為何來？

如果以七十回本的《水滸傳》來看盧俊義，不僅上場晚（六十回），到了六十八回捉了史文恭（以毒箭射中晁蓋之人），坐上梁山第一把交椅後，幾乎就無戲可看了。幸好一百二十回本的結尾，還提到盧俊義為楊戩、高俅等人構陷，喝了酖酒，毒發墜河身亡。因此盧俊義真正能看的戲大約就是從六十回開始，到六十一回「吳用智賺玉麒麟」與六十二回「放冷箭燕青救主」，之後的回數多為了安排其他人（關勝、索超、宣贊、郝思文）入夥而寫，算是岔出去的部分。細究盧俊義上梁山的過程，其實是《水滸》作者極大的敗筆，不僅暴露了梁山集團擄人入夥的不擇手段，也再度證明之前秦明與朱仝的被迫入夥，都造成了個人或他人的損失與社會的動盪不安，如何能為梁山形象加分？尤其是盧俊義，既出身北京富豪之門，又擁有一身棍棒好武藝，何需落草為寇？

先看吳用與李逵假扮算命術士，讓盧俊義相信百日內必有血光之災，須前往東南方一千里外（即梁山泊方向）避凶此事，即反映了當時社會流行的驅邪避災觀（直至今日仍甚通行）。盧俊義貴為豪門員外，自亦不能免。這當然也是吳用賣弄玄虛之所在。對梁山而言，誘引盧俊義走出豪門就是成功的第一步。

出了家門的盧俊義，很快就面臨李逵、智深、武松、劉唐、穆弘等人拳腳、棍棒、刀鎗的輪番挑戰，若非他們手下留情，盧早就先一步被擒上梁山了。後來走投無路的盧是由浪裏白條張順在水底下收拾了，正式請上梁山的，算是為他保足了面子。看這第二階段的過程，無論是武藝或計謀，盧怎麼可能是梁山集團的對手？這不能不讓人想起當初盧俊義要外出躲災時，管家李固與心腹燕青均認為吳用假扮的算命術士說法不足為信，可惜固執己見的盧完全聽不進二人所勸，非但視梁山賊夥如草芥，還希望藉此機會顯揚武藝於天下。恐怕這種井底之蛙的心態才是盧俊義性格中最大的弱點。

到了六十一回，「吳用」果然不費吹灰之力「智賺」了「玉麒麟」，這

「玉麒麟」的外號已明顯點出盧俊義虛有其表與好大喜功的性格。與其說宋江、吳用收攬盧俊義的過程不擇手段，還不如說是梁山集團成功地利用了盧井底之蛙與好大喜功的人格特質，輕而易舉地擺布了他的一生——奔梁山，征戰南北，命喪淮河。

盧俊義的故事發人深省處在於：梁山集團成立後期，擄人方式均以陷人於不義為手段，這不僅不符「忠義」原則，也毫無「替天行道」的感受；其次是盧俊義之入梁山過程也讓人看出其咎在己，一個集固執於一身的人，即使擁有再多的財富、再高的身分，也挽回不了偏執性格所做的錯誤決定，其悲慘的下場就是一面鏡子。

回頭再看陳洪綬筆下肥胖的盧俊義。相對於金聖嘆先生所言「盧俊義傳，也算極力將英雄員外寫出來了，然終不免帶些呆氣。譬如畫駱駝，雖是龐然大物，卻到底看來覺到不俊。」於是張恨水先生據此，乾脆給盧俊義封了個「土駱駝」的外號。揭開了「玉麒麟」的華麗外衣，現出「土駱駝」的呆氣，盧俊義看來果真如陳洪綬所繪——胖大得虛有其表。

浪子燕青

子何不去　惜主不慮

三十六、燕青

燕青雖屈居梁山泊天罡星三十六員之末，可是《水滸》作者對於這位較晚出場的「浪子」，卻是愛護有加的。從六十二回「放冷箭燕青救主」的一片忠誠、七十四回「燕青智撲擎天柱」打擊地方惡勢力，以及八十一回「燕青月夜遇道君」啟動招安機制、九十回「雙林鎮燕青遇故」埋下退隱伏筆，甚至一百一十回「燕青秋林渡射雁」藉宋江之口教導燕青完成「仁、義、禮、智、信」之五常準則，可以說是《水滸》後半極具代表性的典範人物。

先看燕青的外號「浪子」，在畫家筆下，卻是以一位簪花吹笛的少年郎來詮釋，少了「一身花綉」以及「手持刀劍棍棒」的模樣，此「浪子」反多了份「儒俠」的意味。

到底燕青是否真由「浪子」走向「儒俠」？

燕青因自小父母雙亡，由盧俊義撫養長大。在六十一回上場時已二十四五歲，在盧府度過了最重要的青少年階段。成年後，不僅文武兼備，而且「藝苑專精」（吹彈唱舞兼具）。再加上他的長相——「唇若塗朱，睛如點漆，面似堆瓊」，打扮——「腦後一對挨獸金環，護項一枚香羅手帕，腰間斜插名人扇，鬢畔常簪四季花」，應早已脫離「浪子」，走向「名士」風流。

可惜好景不常，六十二回盧俊義尚未從梁山泊返家前，燕青的「名士」生涯已毀在盧府管家李固之手。被趕出盧府，在城外乞討維生後，恢復「浪子」頭銜的燕青卻有不俗的表現。先是警告主人盧俊義莫返家園，因管家早和盧妻有染。盧竟不聽，一踏入家門即遭綑綁入獄。接著忠心耿耿的燕青再度發揮「浪子」本色，將乞討而來的飯食送入牢房，只求主人活得一口氣在。

俟後當盧俊義外通梁山賊寇案，以脊杖四十、刺配沙門島（山東蓬萊西北小島）了結時，燕青一路暗隨，最後見防送公人欲謀害主人時，迅即以兩枝快箭結果了這兩人性命，再度演出「義僕救主」的戲碼。也就是說只看燕青一上場的表現，即知《水滸》作者不斷地給他加分。儘管由「浪子」、「名士」淪落為「乞丐」，他也不改其志——對主人忠誠到底。

到了七十四回，燕青的形象開始擴充。在參與相撲比賽時，以一個輕鬆的「鵓鴿旋」（頭下腳上）將兩屆冠軍高手任原摔下臺的一幕，足證其武藝絕非三腳貓架式。由六十二回的射箭到七十四回的踢館，都代表向惡勢力的挑戰。甚至八十回宋江三敗高太尉時，燕青僅以一個「守命撲」就將高俅攧翻在地，起不了身，更顯示了挑戰的成功。因此《水滸》作者在形塑燕青時，讓我們看到整個過程是很細心而緩慢地向一個「俠客」的形象靠攏。

到八十一回時，燕青的形象又有重大的提升。他前往李師師處求助，說明朝廷前二次招安之所以失敗的原因，李師師因對燕青早有好感，遂代為安排見道君皇帝，皇帝特下御書赦燕青無罪。燕青此舉亦替宋江等人開脫了罪名，使得梁山集團很快在八十二回受了招安。以此推論，沒有燕青，招安就不會如此順利成功。在此回中，李師師的戲又讓燕青多了個柳下惠的美譽。九十回，燕青在雙林鎮遇到故交許貫忠，許告知應在「功成名就之日尋個退步」，燕青聽了，果然在一百一十九回勸盧俊義急流勇退，盧不聽，燕青只得留書出走，退居山野。這兩回算是《水滸》作者貫穿一百二十回對燕青的人格做了完整而一致的交代，可謂完美至極。

不過完美中，仍有一瑕疵，那就是一百一十回安排「燕青秋林渡射雁」的多此一舉。藉宋江之口說出「雁」乃「仁、義、禮、智、信」五常俱備之禽，不可誤射。偏偏此時燕青的高尚人格已定型，而宋江的低下已為讀者所洞悉，加了這一段，不僅未讓宋江人格加分，反顯其虛偽。此回可謂寫燕青已成儒俠前的敗筆。（由於《燕青射雁》乃《水滸傳》成書前已出現的元雜劇，以此來推論宋江或燕青當時的人格，很可能前者的低下與後者的高尚都尚未定型。）

看燕青的一生，再對照陳洪綬的圖，這位「浪子」雖吊車尾掛在天罡星最後一名，其實是梁山泊中少數性格沒有瑕疵且令人敬重的「俠客」人物。

大刀關勝

軼倫超群　髯之後昆　拜前將軍

三十七、關勝

為了搭救死牢中的盧俊義與石秀，宋江在六十三回率梁山軍大舉進攻北京城，當時順道收攬入夥的幾名軍官，其中之一就是「大刀」關勝。

關勝這個角色，明顯是受了三國故事的影響。書中先介紹其為關羽的嫡派子孫，長相和關羽神似，手中亦持一把青龍偃月刀，再說他「幼讀兵書，深通武藝，有萬夫不當之勇。」可惜的是，關勝後來在出場不到一回即投了梁山，似乎有違當初辛苦塑造關勝身分的美意。因堂堂關羽之後竟成了賊寇，豈不毀了美髯公一世的英名？

基本上，關勝的故事只能視為《水滸傳》中「東施效顰」的手法之一，若硬要扯上歷史上的關羽，反顯得《水滸》作者實在是黔驢技窮了。不過關勝的故事雖短，從他參與捉拿梁山賊寇到自己反被呼延灼騙取上山的過程，卻蘊含了三十六計中的圍魏救趙、空城計、笑裏藏刀、反間計、調虎離山、連環計等數個計謀，這倒是頗值一談的。

話說蔡京正詢問眾官何人可殲滅梁山賊寇時，宣贊即推薦關勝為首選。關勝入見蔡京後，當面稟告「圍魏救趙」之計，即「先取梁山，後拿賊寇」，使兵困北京城的梁山軍首尾不能相顧。此時宋江、吳用見攻城不下，官軍又無動靜，早已料到「圍魏救趙」之計。遂決定撤軍，先採「聲東擊西」之計，由伏兵施放火砲，引官軍追殺後，後隊再做前隊，以「金蟬脫殼」之計迅速退兵。

退兵後的宋家軍未至梁山時，水軍張橫已決定晚間偷襲關勝寨，關勝將計就計「以逸待勞」，俟張橫率水軍上岸後，來個「關門捉賊」，反將張橫二三百人一網打盡。後阮氏三兄弟為救張橫，殺奔關勝寨。關勝以「空營計」伺候，阮小七遭陷。後兩邊正面作戰，宋江、吳用見關勝一表人才，決定用計收攬之。先由呼延灼以「笑裏藏刀」的「反間計」往關勝寨拜見，假稱宋江早有歸順之意，無奈眾人不從，取得關勝信任後，再由呼延灼說明將以「裏應外合」之計拿下梁山，其實是以「調虎離山」之計誘出關勝至梁山寨前，等關勝警覺時，已成騎虎，最後為撓鈎拖下馬來。這就是關勝中計的始末。從六十三回後半「關勝議取梁山泊」到六十四回前半「呼延灼月夜賺關勝」，可以說不到一回關勝就被擒上梁山了。

雖是短短一回的篇章，卻囊括三十六計中的十個計謀，這也算是令人刮目相看的紀錄了。儘管很多《水滸》專家都說《水滸傳》的戰爭場面不甚精彩，可是光是收攬關勝上山這場戲，仔細看來還是用了心的，因為故事已經到了六十三回，還有一二十人沒上山，這戲就要又快又好，才能在七十一回功德圓滿地讓一百零八條好漢聚在梁山。關勝就是後面這十幾個人中寫得又快又好的。唯一的缺點就是他太相信呼延灼了。

至於畫家筆下在偉大的關羽的忠義形象下又是如何描繪關勝的？

首先陳洪綬還是根據六十三回的「堂堂八尺五六身軀，細細三柳髭髯，兩眉入鬢，鳳眼朝天，面如重棗，脣若塗硃」去打造這位關羽的後代。於是一位身著官服看起來極為威武的人就出現了，只是手中少了一把青龍偃月刀，卻多了封書信，這怎麼回事？原來關勝曾於六十七回招降了水火二將（單廷珪與魏定國）、九十四回義降了三將（唐斌、文仲容、崔埜），前後兩次就招降了軍官五人，依恃的就是自身的「仁義」。畫家不願複製大刀，僅以「招降書」表達關勝以義服人的美德，看來是深思熟慮之舉。

畢竟《水滸》中的關勝是虛構人物，即使有《水滸》專家據《宋史・劉豫傳》考查出關勝這個人，卻也無法證明是否為關羽之後。而《水滸》作者之所以安排關勝上場，卻是大著膽子朝著關羽之後的方向去描寫他。由此可知，《宋史》中的關勝與《水滸》中的關勝應是兩碼子事，陳洪綬的畫可以證明《水滸》作者只想鈎起大家對關羽的懷念。

神醫安道全

先生國手　提囊而走

三十八、安道全

「神醫」安道全在《水滸葉子》中被陳洪綬喻為「先生國手，提囊而走」。以此八字再對照畫家這幅「提籃採藥圖」，果然一位一手持鋤一手提籃，頭戴冠帽身著寬袍的長髯道士，正左右四顧地尋找什麼，一付「上山採蘼蕪」的模樣。當然神醫的籃子已裝滿（似乎採到了靈芝以及一串帶果帶葉的珍貴藥材），可能不會對蘼蕪這樣的香草有興趣（蘼蕪乃芎藭，又稱川芎，係多年生草本，羽狀複葉，花白色，有清香。根莖因含揮發性油，中醫先乾燥之，再以此入藥）。

由於安道全的角色為醫生，在《水滸》中雖與「軍師」吳用、「法師」公孫勝、「兵家」朱武、「術士」樊瑞等人的角色不同，但不能免俗地，大畫家除了對神醫所持器物可以具體掌握外，這些角色的服裝都出現了共同特點——頭戴冠帽、身著寬袍。這非常有意思。一代文學大師魯迅曾對此發表看法，他認為魏晉時期名士好服「五石散」，而此藥含石硫黃，服下後易發燒，寬袍大袖有利散熱，影響所及，此類服裝遂逐漸形成風氣（魯迅，〈魏晉風度及文章與藥及酒之關係〉《而已集》）。若再從歷代繪畫所出現的人物服飾來看，戰國帛畫與西漢畫像磚，即早有寬袖窄身與寬袖直袍的款式，到東晉顧愷之所繪的《洛神賦圖》，更可以看到頭戴遠遊冠（如安道全所戴）或籠冠（中空透氣），身著大袖寬衫的名士飄飄然地出遊（《中國古代服飾》，台灣商務）。

因此以畫家所處的明代來看，除了陳洪綬個人深受唐代周昉仕女圖與北宋李公麟人物畫之影響外，在《水滸葉子》圖中還可以看到魏晉之風的餘韻。「神醫」安道全就是一例。

可惜的是，安道全雖有神醫之名，卻無神醫之實。在《水滸》中，他有三次為宋江治病。第一次是在六十五回，宋江患了背瘡，由張順專程前往建康府請內外科名醫安道全上山治療。那時安道全「先把艾焙引出毒氣，然後用藥：外使敷貼之餌，內用長托之劑。五日之間，漸漸皮膚紅白，肉體滋潤；不過十日，雖然瘡口未完，飲食復舊。」由此觀之，其治療方式應屬專業醫生分內工作，看不出有何神奇之處。

第二次則在七十二回，宋江欲往東京賞燈，因臉上曾紋面，遂由安道全進行「美玉滅斑」的外科治療。他先「把毒藥與他（宋江）點去了，後用好藥調治，起了紅疤；再要良金美玉，碾為細末，每日塗搽，自然消磨去了。」感覺上就是一場換膚拉皮的手術，不足為奇。

第三次是在一百零八回，宋江征剿淮西王慶，因戰事膠著，操勞過度，染病營中，再度由安道全治療。此次則未言明神醫如何下藥，更無法讓人感受神奇效果。

此外，再從安道全於七十九回為董平治箭傷，九十八回為王英治足傷、頭面傷，以及為林冲、李逵治療外傷（為石頭所砸）來看，基本上可以將其定位為一位外科醫生，若硬要將一位外科醫生視為神醫，則不僅過譽，也明顯對歷史上的幾位神醫不公了。

看看中國歷史上的幾位神醫。戰國時的扁鵲，不僅建立了脈診（望聞問切）知識，也能以針灸起死回生。東漢末年的張仲景與華佗，前者有系統地分析各種流行病，分為六大類，總結為「六經辨證」；後者發明麻沸散，作為外科手術之麻醉劑。唐朝孫思邈的《千金要方》，使其成為醫藥學家，有「藥王」之稱。明代的李時珍採集草藥，寫成《本草綱目》，附圖一千多，從動植物分類學建立藥物學觀念，既科學又偉大。

偏偏《水滸》作者在安道全剛上場時，不僅誇他「祖傳內科外科」遠近馳名，而且「重生扁鵲應難比」（六十五回），這不是說即使像扁鵲那樣有「起死回生」本領的神醫也比不上安道全嗎？讀者若果真依此去實際對照內容後，恐怕對《水滸》的印象又要打折扣了。其實小說作者慣用誇張手法誇示筆下人物性格或特徵，應是普遍性的作法。只是《水滸》中這次描寫神醫，實在乏善可陳，或許是安道全並非天罡星三十六員要角之一，沒有人在乎他的醫術是否真的高明，只是如此不高明的醫生為何卻又為皇上給徵召去了，成了宮中的太醫？

無論如何，陳洪綬的圖將其定位為「採藥師父」，應是有感而發。

雙鎗將董平

雙鎗將董平

一笑傾城風流萬戶侯董平

一笑傾城　風流萬戶侯董平

三十九、董平

按施耐庵編著《水滸》人物出場順序排列，「雙鎗將」董平與「沒羽箭」張清出場的時間都很晚，前者為六十九回，後者為七十回，可知梁山集團收編各色人物至此已告一段落。因此董平的故事前面既無戲可考，後面打童貫、敗高俅、破遼、剿田虎、討王慶、征方臘的戲不過都是些戰爭場面，又不甚精彩。說實在，董平真正可看的戲就只剩六十九回了，而偏偏此回對董平的形象傷害極大。如果和前面幾個上梁山的軍官魯智深、林冲、楊志、索超、雷橫、朱仝、花榮、秦明、呼延灼、徐寧、關勝等人相比，董平的行徑則和猥瑣狡詐的雷橫、立場扭曲的秦明不分軒輊。

到底董平的形象是如何被寫壞的？

宋江替晁蓋報仇後，梁山苦無新寨主，宋江雖有意讓與盧俊義，因眾人不服，遂決定向東平、東昌兩府進軍，約定誰先打破城池誰就為新寨主。宋江抽中東平，盧俊義則負責東昌。董平當時即為東平府兵馬總管。宋江決定先禮後兵，派出郁保四（董平舊識）和王定六前去試探，名為借糧，實乃勸降。結果此舉激怒董平，欲將二人斬首，幸為東平府太守勸阻，以打二十大棍為懲罰，二人皮開肉綻地返回哭訴。

由此見面禮可以看出兩件事：第一、東平府太守與董平之間意見不和，太守因遵循「兩國爭戰不斬來使」古制，顯然比大老粗的董平要明事理。第二、董平身為兵馬總管，官階在太守之下，卻因大怒即決定斬來使，明顯越權，由此亦可看出其個性中殘暴的一面。

儘管後來董平在殺奔宋江寨時極為英勇，衝鋒陷陣，所向無敵。可惜這樣一位有勇無謀的將軍卻看不出宋軍詐敗誘敵之計，在與林冲、花榮交手時，縱馬追至一草屋，連人帶馬瞬間被捉，宋江贏得出乎意料地輕鬆。如此寫來，董平不僅只會逞能，而且還是天字第一號「無大腦」將軍了！難怪到了七十八回一敗高俅時，還可看到《水滸》作者對他的封號——梁山泊第一個慣衝頭陣的勇將「董一撞」。

其次是描寫董平降宋江的那一幕，足堪「立場扭曲」之眾軍官的「楷模」。當宋江邀董平入主山寨時，董平答稱：「小將被擒之人，萬死猶輕。若得容恕安身，實為萬幸。」明顯已是搖尾乞憐的人，先前的「萬夫不當之勇」不知道都躲到那兒去了。之後董平不但告了東平府太守一狀（說他與童貫一夥，殘害百姓），還自願前去賺開城門，取得錢糧，以報不殺之恩。其結果是殺了太守一家，奪了太守女兒（先前太守不同意女兒嫁董平，應是早看出此人之牆頭草性格），將府庫倉廒洗劫一空（他才是棄百姓於不顧的元兇）。

這就是董平在整個六十九回的形象。從一個「英勇雙鎗將，風流萬戶侯」沉淪至「反背朝廷，豈不自羞」（七十回張清所言）的賊寇，最後還升任為梁山五虎將之一。這過程因發展得過於迅速，使人免不了要回頭尋找董平性格中沉淪的因子。幾乎所有《水滸》專家都對董平進行了負面的評價，其中尤以馬幼垣先生的《水滸人物之最》最犀利，他說：「此人卑鄙下流，既不忠於職守，復不以義待朋友。」「卑鄙下流」是人格總結，「不忠於職守」是背叛朝廷，但這「不以義待朋友」就值得商榷了。因為既是「卑鄙下流」之人，又如何可能「以義待人」？也就是說，董平上梁山前就是小人，看他對太守女兒垂涎卻遭拒，以至後來殺太守一家洩憤，這都是符合小人性格的所作所為。至於上梁山後，為宋江賣命，也不是出於「義」，而是一種利益的結合。看《水滸》作者在一百一十五回將其安排為「被人攔腰一刀，剁做兩段」的結尾，可知並不是什麼好下場。這恐怕已給人不得好死的聯想，對董平的形象更傷。

好在畫家筆下的董平還有些藝術形象可討論。第一、他的鎧甲是以魚鱗狀做表現，細膩工整，因不同區塊而錯落有致；第二、沒有雙鎗，只出現一把斜掛的寶劍，與直伸的左手臂成九十度角，以S型構圖將身體區隔成上中下三個部分；第三、左手臂延伸出去的盾牌以留白處理，在整體繁複中益顯疏放的可貴。從藝術的角度看人，董平的幽暗面被淡化了，陳洪綬的繪畫創意卻提升了。

沒羽箭張清

沒羽箭張清

唐衛士烈炬死廟貌而祀一羊一豕

唐衛士 烈炬死 廟貌而祀 一羊一豕

四十、張清

如果只看七十回本的《水滸傳》，宋江在收編「沒羽箭」張清後，梁山泊很快進行英雄排座次，張清成為八驃騎之一，這讓很多人跌破眼鏡，無法想像一個只會「飛石打人」的人竟然可與花榮、徐寧、楊志等大將同列八驃騎。不過再看一百二十回本時，張清卻因雕蟲小技屢次建功，成為破遼、剿王慶等役中極大的功臣，使其形象提升不少。因此金聖嘆腰斬《水滸》雖使張清在七十回本中顯得面目模糊且角色尷尬（一加入梁山即為八驃騎之一），幸好後半的情節提供了較多的訊息有助於我們釐清張清之所以成為八驃騎之一的理由。

張清是宋江與盧俊義分頭攻打東平、東昌兩府收編的將領。在六十九回，宋江以詐敗計很順利誘出董平，予以擒獲。可是盧俊義在東昌府之役卻連輸兩陣，主要是城中猛將張清擅以飛石打人，已傷了盧俊義手下兩員先鋒郝思文與項充。這不得不引起宋江注意，立即派兵前往救援。其結果更糟，一連十三人均被張清的石子打中，不是面門流血，就是鼻歪眼斜。吳用隨即安排水軍上陣，以糧船為餌誘張清來搶，張清先將魯智深打得頭破血流，自以為得逞，正準備下河搶糧時，頓時黑雲密布（公孫勝作法），結果連人帶馬很快為水軍所截。這是張清被收編的故事。由七十回的回目「沒羽箭飛石打英雄」與「宋公明棄糧擒壯士」亦可看出這一段情節的兩個重點。

嚴格說起來，張清只能算是一個暗器高手，入夥之後不僅成為天罡星三十六員之一，亦堂而皇之坐上八驃騎的寶座，實在有點名實不符。於是後續的幾回戰役不免成為觀察張清表現的關鍵，看看這位飛石猛將還能玩出什麼花樣。

果然在宋江三敗高俅的戰役中，張清還是使出看家本領，以飛石逼走或擊傷敵將。到了征遼之役時，張清的表現開始不一樣了，先是以石擊中遼大將阿里奇的左眼，活捉了阿里奇，寫下第一戰功；接著是打中遼王皇姪耶律國寶面門，使其落馬受縛，與董平（打敗耶律國珍）一齊立下第二戰功。（八十三回）

之後在盧俊義大戰玉田縣時，張清被遼軍一箭射中咽喉，竟然沒死，由神醫安道全加以治療。（八十四回）

接著是八十九回復出，再度以石擊中遼國英雄兀顏統軍，立下征遼的第三功。只是這八十九回顯然是後加的。因後來河北田虎作亂時，《水滸》作者居然說張清才剛病癒（九十三回），由安道全陪同聽用，宋江很是高興。這表示張清在八十四回中箭退場時，要到九十三回才病癒，這中間如何能再度上場作戰呢？所以征遼的第三功應是為了凸顯張清的表現而後加的。

打田虎之役，張清在壺關表現優異，以石擊中兩員守將竺敬與山士奇，北軍大敗。（九十四回）

到了九十七回十六歲的女將瓊英上場後，張清的故事趨向浪漫。《水滸》作者安排瓊英亦能飛石傷人，並擔任田虎軍隊的先鋒，幾次交戰下來，也把宋家軍打得頭破血流。之後吳用授計，派張清前往臥底，不僅娶得美人歸，而且還和瓊英聯手抓了田虎。這是九十八回「張清緣配瓊英」與一百回「張清瓊英雙建功」的重要情節。由此可知《水滸》作者在打田虎之役是傾全力塑造張清，使其更加符合原來「東昌馬騎將」與入夥後「八驃騎」的形象。

至於淮西王慶作亂時，張清與瓊英除了領軍五萬為前部，與關勝、林冲拿下宛州外，還再度以石發飆，擊中王慶二將。最後張清還「頭裹銷金青巾幘，身穿挑繡綠戰袍，腰繫紫絨縧，足穿軟香皮，騎匹銀鞍馬」和瓊英打頭陣，與王慶軍隊對峙，直到王慶為宋軍的九宮八卦陣所懾。（一百零九回）王慶之役後，瓊英因懷孕染病，獨留東京，未隨張清續戰方臘。《水滸》作者遂於一百一十五回安排張清死於獨松關。後張清之子張節亦子繼父業，大敗金兀朮。在封官晉爵後，奉養母親，以終天年。

若只看七十回本《水滸》，豈不委屈了張清這位由雕蟲小技而終成大將的人才？張清雖為筆者《畫說水滸人物》最後出場的一位，在畫家筆下卻是以「虎背熊腰」之姿、「宮錦花袍」之服、「手中利劍代飛石」亮相，顯然已十足肯定他「虎騎將軍」的身分。而小說中的宋江之所以如此看重他，也的確因為他不只是「沒羽箭」啊！金聖嘆如果仔細深究張清，恐怕在腰斬《水滸傳》之前，多多少少會惋惜一下這個大器晚成的角色吧！

參考書目

《中國美術全集》 版畫編及明代繪畫編　錦繡
《水滸全圖》 北京學苑
《陳洪綬作品集》 黃湧泉　西泠印社
《中國歷代畫派新論》 劉奇俊　藝術家
《中國版畫史叢稿》 周心慧　北京學苑
《中國古代木刻畫史略》 鄭振鐸　上海書店
《水滸論衡》 馬幼垣　聯經
《陳洪綬》 翁萬戈　上海人美
《近代中國美術論集》 何懷碩編　藝術家
《古代人物圖譜》 葛鈞等編　北京工藝美術
《名家聖手——明清版畫藝術》 張燁　北京文物

後記

陳洪綬早年對《水滸傳》情有獨鍾，在萬曆四十四年（一六一六）十九歲時，已繪出《白描水滸葉子冊》。過了十年，又繪出《水滸葉子》四十人物圖。此圖據翁萬戈先生（翁同龢之子）所著《陳洪綬》一書中記載，共有四個刻本，即黃君倩刻本、鄭振鐸編本、潘景正藏本（疑為黃肇初刻本）、顧炳鑫藏本。本書所選用的是黃君倩（黃一彬）刻本，乃李一氓先生所藏，在首頁宋江圖中左下角，可以明顯看到「一氓讀畫」的章子。翁萬戈先生一生致力於陳洪綬研究，據他認為，李一氓先生所藏黃君倩刻本為崇禎本，比潘本早，也就是說黃君倩比黃肇初（黃一中）較早和陳洪綬合作，《水滸葉子》鐫刻出的時間約在一六三三年，比黃肇初的一六四一年早。若再對照此二本，翁萬戈先生建議，無論是要欣賞陳洪綬的書法或畫作，應以黃君倩刻本為首選。

按黃君倩刻本的順序，陳洪綬《水滸葉子》人物出場可能如下：宋江、林冲、呼延灼、盧俊義、魯智深、史進、孫二娘、張順、李俊、燕青、楊志、朱仝、解珍、施恩、時遷、雷橫、扈三娘、張清、朱武、吳用、董平、阮小七、石秀、安道全、關勝、穆弘、樊瑞、戴宗、公孫勝、索超、柴進、武松、花榮、李應、劉唐、秦明、李逵、顧大嫂、蕭讓、徐寧。而此四十人物圖中，其上為錢數，右邊或左邊則為人名、綽號與書評。均屬陳洪綬筆跡，殊為難得。

筆者有幸，能以現代人的眼光重新梳理大師所選四十人物，除了對獲大師青睞的《水滸》人物深感好奇外，也對黃君倩、黃一中的《水滸葉子》木刻圖有了進一步的了解。以中國古典文學作品而言，其插圖若有大畫家加持，無疑是受到極大的鼓舞與肯定的。陳洪綬在自我創作之餘，亦能關注於當時《水滸傳》的流傳，並以畫作義助他人，其人格與畫品是令人尊敬的。在此還要特別感謝人間福報覺涵法師，將拙作在縱橫古今版闢為「水滸人物圖譜」專欄，連載四十週，讓大畫家的圖再次呈現於讀者面前，也讓現代人從《水滸葉子》看到文學與藝術結合的最佳典範。

桃源寫於二〇〇九年農曆春節

畫說水滸人物

2009年10月初版　　定價：新臺幣240元

著　　者	吳　桃　源
繪　　圖	陳　洪　綬
發 行 人	林　載　爵

出　版　者	聯經出版事業股份有限公司
地　　址	台北市忠孝東路四段555號
編輯部地址	台北市忠孝東路四段561號4樓
叢書主編電話	(02)27634300轉5050
總　經　銷	聯合發行股份有限公司
發　行　所	台北縣新店市寶橋路235巷6弄6號2樓
電話	(02)29178022
台北忠孝門市	台北市忠孝東路四段561號1樓
電話	(02)27683708
台北新生門市	台北市新生南路三段94號
電話	(02)23620308
台中分公司	台中市健行路321號
暨門市電話	(04)22371234ext.5
高雄辦事處	高雄市成功一路363號2樓
電話	(07)2211234ext.5
郵政劃撥帳戶第	0100559-3號
郵撥電話	27683708
印　刷　者	世和印製企業有限公司

叢書主編	方　清　河
助理編輯	何　佳　樺
	江　俊　錡
校　　對	馮　蕊　芳
封面設計	蔡　婕　岑

行政院新聞局出版事業登記證局版臺業字第0130號

本書如有缺頁，破損，倒裝請寄回聯經忠孝門市更換。　　ISBN　978-957-08-3477-2（平裝）
聯經網址：www.linkingbooks.com.tw
電子信箱：linking@udngroup.com

國家圖書館出版品預行編目資料

畫說水滸人物/吳桃源著．初版．臺北市．
聯經，2009年10月（民98）．264面．
14.8×21公分．
ISBN 978-957-08-3477-2（平裝）

1.水滸傳 2.研究考訂

857.46 98017735

聯經出版事業公司

信用卡訂購單

信 用 卡 號：□VISA CARD □MASTER CARD □聯合信用卡

訂購人姓名：＿＿＿＿＿＿＿＿＿＿＿＿＿＿＿＿＿＿

訂 購 日 期:＿＿＿＿年＿＿＿＿月＿＿＿＿日　(卡片後三碼)

信 用 卡 號：＿＿＿＿ ＿＿＿＿ ＿＿＿＿ ＿＿＿＿ ＿＿＿＿

信用卡簽名：＿＿＿＿＿＿＿＿＿＿(與信用卡上簽名同)

信用卡有效期限：＿＿＿＿年＿＿＿＿月

聯 絡 電 話：日(O)：＿＿＿＿＿＿＿夜(H)：＿＿＿＿＿＿＿

聯 絡 地 址：□□□ ＿＿＿＿＿＿＿＿＿＿＿＿＿＿＿＿＿＿

＿＿＿＿＿＿＿＿＿＿＿＿＿＿＿＿＿＿＿＿＿＿

訂 購 金 額：新台幣 ＿＿＿＿＿＿＿＿＿＿＿＿＿＿＿元整

（訂購金額 500 元以下,請加付掛號郵資 50 元）

資 訊 來 源：□網路　□報紙　□電台　□DM　□朋友介紹

□其他 ＿＿＿＿＿＿＿＿＿＿＿＿＿＿＿＿＿＿

發　　票：□二聯式　□三聯式

發 票 抬 頭：＿＿＿＿＿＿＿＿＿＿＿＿＿＿＿＿

統 一 編 號：＿＿＿＿＿＿＿＿＿＿＿＿＿＿＿＿

※ 如收件人或收件地址不同時，請填：

收件人姓名：＿＿＿＿＿＿＿＿＿＿＿＿□先生　□小姐

收件人地址：＿＿＿＿＿＿＿＿＿＿＿＿＿＿＿＿＿＿＿＿

收件人電話：日(O)＿＿＿＿＿＿＿＿夜(H)＿＿＿＿＿＿＿＿

※茲訂購下列書種,帳款由本人信用卡帳戶支付

書　名	數量	單價	合　計
	總　計		

訂購辦法填妥後

1. 直接傳真 FAX(02)27493734
2. 寄台北市忠孝東路四段 561 號 1 樓
3. 本人親筆簽名並附上卡片後三碼(95 年 8 月 1 日正式實施)

電 話：(02)27683708

聯絡人:王淑蕙小姐(約需 7 個工作天)